光文社文庫

文庫オリジナル／長編青春ミステリー

牡丹色のウエストポーチ

赤川次郎

光　文　社

『牡丹色のウエストポーチ』目次

●主な登場人物のプロフィールと、これまでの歩み

第一作『若草色のポシェット』以来、登場人物たちは、一年一作の刊行ペースと同じく、一年ずつリアルタイムで年齢を重ねてきました。

杉原爽香《すぎはらさやか》……四十四歳。中学三年生の時、同級生が殺される事件に巻き込まれて以来、様々な事件に遭遇。大学を卒業した半年後、殺人事件の容疑者として追われていた明男を無実と信じてかくまうが、真犯人であることを知り自首させる。二十七歳の時、明男と結婚。十年後、長女・**珠実**《たまみ》が誕生。仕事では、高齢者用ケアマンション〈Pハウス〉から、**田端将夫**《たばたまさお》が社長を務める〈G興産〉に移り、老人ホーム〈レインボー・ハウス〉を手掛けた。その他にもカルチャースクール再建、都市開発プロジェクトなど、様々な事業に取り組む。

杉原明男《あきお》……旧姓・丹羽《にわ》。中学、高校、大学を通じて爽香と同級生だった。大学時代に大学教授夫人を殺《あや》めて服役。その後〈N運送〉の勤務を経て、現在は小学校のスクールバスの運転手を務める。女生徒の母・**大宅栄子**《おおやひでこ》に思いを寄せられている。

杉原充夫《みつお》……借金や不倫など、爽香に迷惑を掛けっぱなしの兄。八年前脳出血で倒れ、現在もリハビリ中。母・**真江《まさえ》**ら家族とともに実家に同居していたが、一昨年、妻・**則子《のりこ》**が肝臓ガンのため逝去する。過去に**畑山《はたやま》ゆき子《こ》**と関係を持ち**泉《いずみ》**が生まれる。

杉原涼《りょう》……杉原充夫、則子の長男。大学生。有能な社会人の姉・**綾香《あやか》**と高校生の妹・**瞳《ひとみ》**と同居している。大学の写真部で知り合った**岩元《いわもと》なごみ**と交際中。

早川《はやかわ》あかね……爽香が懇意にする刑事・**河村太郎《かわむらたろう》**が、**早川志乃《しの》**と関係を深めていくなかで生まれた。十四歳の中学生。

栗崎英子《くりさきひでこ》……往年の大スター女優。十九年前〈Ｐハウス〉に入居して爽香と知り合う。その翌年、映画界に復帰。

増田《ますだ》……爽香が通うコーヒーのおいしい喫茶店〈ラ・ボエーム〉のマスター。

中川《なかがわ》満《みつる》……爽香に好意を寄せる殺し屋。〈ラ・ボエーム〉の〝影のオーナー〟。

松下《まつした》……元々は借金の取り立て屋だったが、現在は〈消息屋〉を名乗り、世の中の裏事情に精通する男。爽香のことを絶えず気にかけており、事あるごとに救いの手を差しのべる。

——杉原爽香、四十四歳の春

1　夜明け前

まだすべてが灰色に見える、夜明け前の時刻だった。

公園の緑も、今はただ黒ずんだ塊に過ぎなかった。しかし、次第に明るさを増す中、街灯はすでに消えている。

疲れた、引きずるような足どりで、女は公園に入って来た。少し不安げだった表情は、ベンチに座っている人物を目にして、少し安堵《あんど》の色に変った。

女はベンチに近付くと、

「かけてもよろしい？」

と訊《き》いた。

相手は小さく肯《うなず》くだけだった。

「――今日は晴れるでしょうか」

女はベンチにかけて、こわばった声で言った。相手は短く、

「雨でなければ」

と言った。

女はホッとして、

「じゃあ……言われた通りに」

と、コートの下から少し大きめの分厚い封筒を取り出し、相手に差し出した。

相手はそれを受け取ると、中からまず札束を取り出し、ザッとあらため、中へ戻した。

それからメモ用紙と写真を一枚取り出した。

写真には、我が子をしゃがみ込んで抱き寄せている母親が写っている。

「――その女が杉原爽香《すぎはらさやか》というんです」

と、女は言った。「若く見えるけど、四十四歳になるところです」

相手が写真を封筒へ戻そうとした。

女は、

「待って」

と、手を上げて、「お願いしたいのは、その女じゃないの。――子供の方」

相手がメモを見る。女は肯いて、

「ええ、私が恨んでるのはその杉原爽香。でも、本当に彼女を苦しめるには、子供を狙うのが一番」

と言うと、写真の中の子供を指して、「杉原珠実《たまみ》。八歳。この子を殺して」

と言った。

相手は黙ってメモと写真を封筒に戻すと、立ち上って足早に立ち去った。

女は、ごくわずかの間に、周囲がずいぶん明るくなっているのに気が付いた。

夢からさめたような気分だった。――今のは現実だったのだろうか？

確かに――確かに相手は金を受け取った。

そうだ。間違いなく。

女は、緊張感から解放されて、体が軽くなったかのようだった。

公園を出て歩き出すと、新聞配達の自転車とすれ違った。

女は、

「ご苦労様」

と、声をかけるだけの余裕まであったのである。


「誕生日、おめでとう！」

という言葉も、もう少しも子供っぽくなく、はっきりと響いた。

「ありがとう、珠実ちゃん」

と、杉原爽香は言った。

「さあ、ローソクを吹き消して」

と、明男《あきお》がビデオカメラを回しながら言う。

「はいはい。じゃ、明りを消して」

素早く立って行って明りを消すのは、爽香の忠実な部下、久保坂《くぼさか》あやめ。

「じゃあ、行くよ！——一、二の三！」

爽香が精一杯息を吹き出すと、大きめのローソク四本と、小さなローソク四本が全部消えた。

「やった！」

という声と拍手。

明りが点《つ》いて、またカメラのフラッシュが光る。

——中華料理店の個室を借りて、爽香の一家、もちろん母の真江《まさえ》や姪《めい》の綾香《あやか》、瞳《ひとみ》、甥《おい》の涼《りょう》も集まっている。涼の彼女、岩元《いわもと》なごみも。

そして、遅れて駆けつけて来たのは、恩師、河村布子《かわむらきぬこ》である。

「さあ、いただきましょう」

丸テーブル二つに分れて、料理を取り分ける。

「私、シューマイとギョーザ」

と、珠実が主張した。

「はいはい。今頼んであるから」

五月九日。杉原爽香、四十四歳の誕生日である。

「お母さん」

と、珠実が言った。

「なあに？」

「来年は五十歳だね」

「どうしてよ！」

「だって四捨五入って習った」

「年齢は四捨五入しないの！」

笑いがテーブルを包んだ。

「ともかく――」

と、久保坂あやめがビールを飲みながら、「今年もチーフは大活躍です！」

バースデーケーキが、細かく分けるために個室から運び出されて行った。

「活躍はいいけど、危い真似《まね》はやめてくれ」

と、明男が苦笑しながら言った。

「爽子《さわこ》が残念がってたわ」

と、河村布子が言った。「コンサートが、どうしても九時ごろまでかかるから……」

「お気持だけで充分です」

河村爽子も、もう二十四歳になる。ヴァイオリニストとして、しばしば海外にも出かけている。

早速食事が始まり、

「そういえば、浜田《はまだ》さんは？」

「今日子《きょうこ》からは夕方メールがありました。急な手術が入ったとかで」

「そう。お医者さんじゃ仕方ないわね」

シングルマザーの浜田今日子は爽香同様、布子の教え子だ。七歳になる明日香《あすか》がいる。

「こんなに忙しい人たちに集まっていただいて……」

と、爽香が言うと、

「お兄ちゃんは、ご飯食べに来ただけ」

と、瞳が涼をからかって言った。

「うるさい」

と言いつつ、確かに涼の食べっぷりは群を抜いている。

「このために、お昼、抜いたんだもんね」

と、岩元なごみがばらす。

「いいのよ、うんと食べてね」

と、爽香は言った。「――お母さん、何かおかゆみたいなもの、頼もうか？」

真江は首を振って、

「大丈夫。のんびり少しずついただいてるわよ」

と言った。「それより……爽香のために皆さん、おいで下さって、ありがたくて……」

「泣かないでよ。年齢《とし》だね」

「だってその通りだもの」

それを聞いて、河村布子が、

「みんな爽香さんに一度ならず救われています。よく頑張ってますよ、爽香さんは」

「これ以上無理です」

と、爽香は言った。「あ、点心が来た」

シューマイやギョーザ。珠実の好物が来て、爽香はひとしきりその世話に追われた。

「――河村先生」

と、明男が言った。「ご主人の具合はいかがですか?」

「ありがとう。何だか家でブラブラしてるわ」

と、布子が言った。「胃を取ったんで、一度に少しずつしか食べられないでしょ。一日中、ご飯食べてるって感じね」

「でも良くなられて……」

「ええ。まあ、何とかね……」

ふりをしていた。

爽香は、夫と布子の会話を聞いていたが、話には加わらず、珠実に気を取られている

かつては刑事で、あんなに張り切っていた河村太郎《たろう》が、別人のようにやせて、まだ五十六だというのに、すっかり「老人」のように老けてしまっている姿を、思い出したくなかった。

それに、妻の布子には、学校の教師として忙しかったので、夫のことを充分に構って来なかったという思いがあることを、爽香は知っていた。

「でも、私が出張したりしてるときは、志乃《しの》さんが来て主人のこと、見てくれるの。助かってるわ」

と、布子は言った。「そういえば、今日、あかねちゃんも呼んだんだけど。爽香さんがわざわざ言ってくれたんで」

「ええ、久しぶりに会いたいと思って」

ちょうどそこへ、個室のドアが開いて、

「あ……。すみません」

と、スラリと長身の女の子がおずおずと顔を出した。

「あかねちゃん、ちょうど今、噂《うわさ》してたのよ。入って。そこの席」

と、布子が手招きする。

「はい。――クラブで遅くなって」

セーラー服で、大きなスポーツバッグをさげた少女は、二つのテーブルに会釈した。

しばし言葉を失っていた爽香は、

「――驚いた！」

と、やっと口を開いた。「これがあかねちゃん？　いつの間にこんなに大きくなったの？」

「この二年で十センチ伸びました」

と、あかねは照れたように言って座った。

「もう中学生だもの。早いわね」

と、布子は言った。「脚、長いでしょ？　走るのが凄《すご》く速いの」

「まあ、羨《うらやま》しい。この爽香おばちゃんは、短い足でドタバタ走ってたわ」

と、爽香は笑いながら言った。「さ、お腹《なか》空《す》いてるでしょ。料理のお皿、空《から》にするつもりで食べてね」

「ありがとうございます」

早川《はやかわ》あかねは、出されたおしぼりで手を拭くと、すぐにはしを取った。

河村太郎と早川志乃との間に生まれたのがあかねである。布子も納得した上で、あかねを認知していた。早川志乃は、河村家の近くのアパートに暮して、自宅で翻訳の仕事などをしている。

病身の河村の世話をしばしば志乃に頼んでいる布子は、〈M女子学院〉の中学校で教務主任の職にあり、多忙なのだ。

「——爽香さん」

と、布子は言った。「私、もしかすると、この秋から、高校へ移るかもしれないの」

「まあ」

「そうなると、もっと大変。志乃さんのおかげで助かってるわ」

あかねの母の名を出すことで、あかねがひけめを感じないですむようにしている。爽香にはそれが分った。

「あかねちゃん、ヴァイオリンはどうしてるの?」

と、杉原綾香が訊いた。

「爽子さんに時々教えてもらってます」

と、あかねは言った。「それで、中学にオーケストラがあって、そこで弾いてます」

「続いてるんだ。偉いわね」

と、綾香は言った。「瞳は合唱やってるのよ」

「私のことはいい」

と、瞳がチラッと姉をにらんだ。

アルコールも入って、場はにぎやかになった。

爽香は二つのテーブルをそっと見渡して、ふと胸が熱くなった。

それぞれに悩みや問題を抱えてはいても、こうして和やかに食事に集まれる人々が、自分の周囲にいてくれることは、本当に嬉《うれ》しかった……。

もちろん、みんなそれ相応に年齢をとり、あちこち具合が悪くなったりしているが、それも含めての人生である。

一番心配なのは、ここに来ていない、兄の充夫《みつお》だ。脳出血で車椅子の生活になり、もともと意志の弱いところがあって、今はアルコール中毒に近い状態だ。

当然、病気にも良くない。医者からは、

「今度、脳で出血したら助からない」

と言われているが、当人は気にもとめていない。

長女の綾香が評論家、高須雄太郎《たかすゆうたろう》の秘書として、ほとんど休日もなく働き、生活を支えていた。綾香は英会話を学んで、今は海外とのやりとりもこなせるようになっている。

「来月、高須先生について、ロサンゼルスに行く」

と、綾香は言った。「瞳、留守、頼むね」

「はあい」

——一時は不良仲間とも係《かかわ》って、危なっかしかった綾香が、今は立派にキャリアを作っている。

私も、年齢とるわけだ……。爽香はそっとため息をついた。

——誕生日祝いは、プレゼントを次々に爽香の前に積み上げて終った。

「どうもありがとう。ちゃんと名前、書いてある?」

誰に何を返すか、早くも頭が痛い爽香だった。

席を立っていた久保坂あやめが、ドアの所から、

「チーフ、ちょっと」

と呼んだ。

爽香が個室を出ると、

「支払い、してしまいましょ」

と言った。

爽香が払うことにしてある。そのためにこの三か月、貯金しておいた。

「それが、もう済んでるんです」

と、あやめが言った。

「え?」

「お店の方に田端真保《たばたまほ》さんが、請求書を回せと……」

「真保さんが?」

社長の田端将夫《まさお》の母親だ。爽香のことを高く買ってくれている。

「困ったわね。でも……いいわ。明日にでもお礼に伺うから」

「そうですね」

と、あやめは肯いて、「もっと高いワイン頼むんだった」

爽香はふき出しそうになった。


帰りの電車で、珠実は爽香にもたれて、ぐっすり眠っていた。

「栗崎《くりさき》さんが来られなくて残念だったな」

と、明男は言った。

「舞台があるもの。もう八十六なのに、元気ね！」

女優、栗崎英子《ひでこ》も、爽香の「ファン」の一人である。

「今度の土日、珠実ちゃんの遠足よ」

「ああ、そうだった。キャンプで一泊するんだったな」

「私もついて行くから」

「うん、知ってる。ご苦労だな」

「一応、父母会の役員だからね」

と言って、爽香は欠伸《あくび》した。

「山の中だろ？　熊に気を付けろ」

「大丈夫よ、いくら何でも」

爽香は笑って、「大勢で行くんだもの、危いことなんか何もないわよ」

と言ったのだった……。

2　安全第一

学校からの連絡は、仕事中でもおかまいなしにかかってくる。

母親はびっくりして、我が子に何かあったのか、と思う。——爽香ももちろんだが、

「あ、杉原さん」

おっとりした口調に、まずホッとする。

「どうも」

「学校の大月《おおつき》です」

声ですぐに分っていた。珠実の今の担任、大月加也子《かやこ》である。

「何か？」

「お仕事中、ごめんなさいね」

「いえ……」

「土日の遠足なんですけど、昨日、あの辺に集中豪雨があって」

「ニュースでちょっと見ました」

「ええ、それで連絡があったの。川が増水して、キャンプ地に水が来る心配があるって」

「まあ。それじゃ——」

「至急、父母会の役員で集まっていただきたいんだけど……。お時間がとれる？」

「はあ、それが……。でも安全第一で考えると……」

「そうなのよ。一応、キャンプ地の近くに旅館があるのね。以前、泊ったことがあるんだけど、今は暇な時期で、空いてるからって言われて」

「そうですか。費用のことですね」

「そうなの。旅館となると、追加で集めないとね」

「でも、安全を考えたら仕方ないんじゃありませんか」

「役員会で、そういう通知を出していただける？」

「分りました。でも、手続き上は——」

大月加也子が、各役員へ連絡してくれることになった。おっとりした四十ぐらいの女性教師だが、連絡などはきちんとやってくれる。

やっと電話を切って、爽香は急いで打合せの席へと戻った。

「——失礼しました」

と、爽香はラウンジの席についたが、

「学校からですか？」

相手の男性にそう言われて、爽香はびっくりした。

「どうしてお分りですか？」

「今度の土日のキャンプのことでは？」

と、〈K照明〉の部長、根津《ねづ》雄一《ゆういち》は言った。

「では……」

「うちの子も行くことになってるんですよ」

「え？　じゃ同じ小学校で……」

「うちの子は四年生です。お宅は確か二年生でしたね」

「はい。――偶然ですね」

「家内から聞いています。杉原さんのお噂は」

「どうしましょう！　悪いことはできませんね！」

冷汗《ひやあせ》をかきそうな爽香を、同席している久保坂あやめが笑みを浮かべて見ていた。

大月先生からの話を伝えると、

「なるほど。水は怖いですからね」

と、根津は肯いて、「旅館に泊るしかないでしょう」

「残念ですわ。娘はキャンプを楽しみにしていたのに」

「まあ、また機会はあるでしょう」

と、根津は微笑《ほほえ》んで、「娘は根津詩織《しおり》といいます。家内の麻衣子《まいこ》も同行するはずですので」

「よろしくお伝え下さい。――それで、見積りの方ですが」

やっと仕事の話に戻ったのである。


「はい、分りました。――ええ、もちろん結構です」

では、と電話を切って、根津麻衣子は居間のソファに腰をおろした。

「良かったわ……」

と呟《つぶや》く。

学校からの連絡で、土日のキャンプは川の増水の恐れがあるので、旅館に泊ることになったとのことだった。

正直、麻衣子はホッとしていた。

外でキャンプするなんて……。何が楽しいのかしら。

麻衣子としては、変更は歓迎すべきことだった。

「ああ……。買物に行かなくちゃ」

麻衣子は立ち上って伸びをした。

仕度《したく》をして、家を出る。――スーパーまでは大分あるので、いつも自分の小型車を使う。

夫はベンツに乗っているが、麻衣子はあんな大きな車を運転する自信はない。

小型車をガレージから出す。

まだ充分に時間はある。――詩織は学校の帰りにピアノのレッスンに寄るので遅くなるのだ。

麻衣子は慣れた道を、小型車を走らせて行った。

根津の家は、かなり立派な一軒家である。夫の雄一の父親が建てた家で、大分古いが、充分に広く、しっかりしていた。

夫の両親も亡くなって、今は根津雄一と麻衣子、娘の詩織の三人暮し。

家が少し広過ぎるくらいだったが、もともと片付けの苦手な麻衣子なので、空いた部屋はどこも物置のようになっていた。

「その内、片付けないと……」

というのが口ぐせで、夫も娘も信じていない。

「あら……」

道の先の方が工事で通行止《どめ》になっている。

どうしよう？　――脇道といっても、よく知らない。

でも……仕方ない。

矢印の案内に従って道を曲《まが》って行くと、ずいぶん細い道に出た。

小型車でもすれ違えないだろう。

対向車が来たら面倒だ。急いで抜けよう。

麻衣子はアクセルを踏んだ。

前方から車が来ないか、それだけを気にしていて、横から出て来た人影に気付かなかった。ドン、という衝撃があった。

え？　どうしたの？　――ブレーキを踏んだのは、二、三秒たってからだった。

「今の……何だろ？」

何かが車に当った。それは分っていた。しかし、その先は考えたくなかった……。

こわごわドアを開けて、後方へ目をやった。

自転車が倒れている。そして、自転車と塀の間に挟まれるように、人がいた。

嘘《うそ》よ。こんなことって……。間違いだわ。何かの間違い……。

麻衣子はその内、その誰かが消えてなくなってくれるのではないかと待っていた。あるいは、ヒョイと起き上って、何もなかったように自転車をこいで行ってしまうのでは……。

でも、そんなことは起らなかった。

麻衣子は、やっとの思いで車から出ると、塀との間を進んで行った。

自転車は前輪が少しねじれて曲っていた。――その人は、塀にもたれて座っているように見えた。

「あの……」

と、そっと声をかける。「大丈夫ですか？　けが、してます？」

白髪の、たぶん七十以上になっていると見える男性だった。

「全然気が付かなくて、私……。こんな所に戸があるなんて……」

塀を切り取るように小さな戸が作られていた。引戸なので、全く気付かなかったのだ。

「あの……具合、どうなんですか？」

麻衣子はその老人の肩をそっと叩《たた》いた。

老人の体がゆっくりと倒れる。――死んでる？

まさか！　車にちょっと当ったくらいで。どうして？

「ね、起きて下さい。――ねえ」

体を揺さぶってみたが、何の反応もなかった。

どうしよう……。

救急車を呼ぶ。当然だ。そして警察が来て、取り調べられる。

冷汗が流れた。――そんなこと、いやだ！　耐えられない！

「私のせいじゃないわ……。そうよ」

この人がいけないんだ。車が来るのを確かめもしないで、いきなり出て来るから。

麻衣子は初めて周囲を見回した。――誰か見ていただろうか？

老人は、くたびれたズボンにシャツ、そして下駄ばきだった。ちょっとその辺に出かけようとしていたのだろう。

そのとき、塀の中から、

「お父さん？」

と呼ぶ女性の声がして、麻衣子は飛び上るほどびっくりした。

そして、車の運転席に飛び込むと、エンジンをかけ、車を出していた。

迂回路《うかいろ》を抜けて、いつもの広い道へ出ると、麻衣子は、夢からさめたような気がした。

今のは現実だったのか？　それとも白昼の悪夢だったのか……。

「落ちついて……。落ちついて……」

と、口に出して呟く。

慎重に運転して、いつものスーパーに着いた。駐車場に入れると、バッグを手に降りて、車体をザッと眺めた。

大きな傷はない。――でも、きっと警察が調べれば……。

分らないわ、きっと。いつも通らない道で、しかも誰も見ていなかった。

そう。このまま私が黙っていれば、それで何もかもうまくいく。

麻衣子はともかく、スーパーへと入って行った。

必要ない物もいくつか買ってしまったが、それでも、カートを押して車へ戻るころには大分落ちついて来ていた。

買った物を車にのせて、カートをスーパーの入口まで返してから、車に乗る。

帰り道、同じ所を通る気はしないので、遠回りして、わざと時々寄るパーラーの駐車場へ入れた。

店に入ると、顔見知りの奥さんたちがいて、

「一緒にどう?」

と、誘ってくれた。

麻衣子はパフェを頼んで、その奥さんたちの話に加わった。

「――キャンプが中止で、旅館に泊ることになったのよね」

同じクラスの子の母親がいた。

「ええ、聞いたわ」

話に加わって、麻衣子はずいぶん冷静になれた。

もし、車でひき逃げした、などということになったら、夫はどうなる? 詩織だって、どんな思いをするだろう?

隠し通すんだわ。何も知らなかったことにして……。

「根津さん、一緒に行くのね、子供たちと」

と訊かれて、

「ええ……。その予定」

「旅館ならいいじゃない。温泉、あるの？」

「さあ……」

「子供たちの面倒みるのは大変でしょうけどね」

「そうね」

どうってことない。子供の世話ぐらい。死んだ人を生き返らせるより、ずっとやさしい。

何考えてるのかしら、私？

麻衣子は、パーラーで結局一時間近くしゃべっていた。

車で家に戻るころには、ハンドルを持つ手も震えなくなった。

堂々としていよう。――堂々と。

家に戻って、買って来た物を冷蔵庫に入れていると、ケータイが鳴った。

「あなた？」

「ああ、今夜は遅くなるからな」

「分ったわ。詩織と何か食べとくから」

「うん。何か変ったことは?」

麻衣子は一瞬迷ってから、

「ええ、何もなかったわ」

と答えたのだった……。

3　懸　念

外出から会社近くまで戻って来たところで、爽香は腕時計を見た。

「あと五分……」

五分したら、十二時でお昼休みだ。

よし、早めに休んじゃおう。

爽香は十二時になるとたちまち行列ができるパスタの店へと足を向けた。

ケータイを取り出して、歩きながら、久保坂あやめにかける。

「――うん、あと三分でしょ。〈R〉に先に入ってるから、来て」

「チーフ、サボっちゃいけませんよ」

と、あやめに言われてしまった。

「いいの。私はチーフで、偉いんだから」

と言い返してやった……。

店に入ろうとすると、

「おい、女探偵」

と、声をかけて来たのは――。

「あ、松下《まつした》さん」

〈消息屋《しょうそくや》〉の松下である。爽香にとって頼りになる男だ。

「けが、どうですか？」

「もうすっかりいいよ。今から昼飯か？」

「ランチです」

「話がある。付合おう」

爽香は四人掛けのテーブルに入れてもらって、あやめを待つことにした。

「俺は先に食べる」

「お急ぎですか？」

「腹が減ってるだけだ」

爽香は笑って、

「お元気で何よりです」

と言った。

あやめもすぐにやって来て、結局、三人同時にパスタが出て来た。小さなサラダが付いている。

「――松下さん、お話って？」

と、爽香はスパゲティを半分くらい食べてから訊いた。

「例の件だ。〈カルメン・レミ〉」

〈カルメン・レミ〉と名のって、占い師のようなことをしていた女である。栗崎英子を刺そうとしたのを、爽香が防いだ。

殺人未遂の容疑で逮捕されて、取調べを受けている。

「何か分ったんですか？」

「何も聞いてないのか」

「忙しくって。警察からは、特に何も言って来ていませんけど」

「そうか。この間、刑事が来て話して行ったよ」

と、松下は言った。「俺を刺したチンピラは、〈カルメン・レミ〉に頼まれたと証言してるんで、あの女も諦めてしゃべったそうだ」

「〈カルメン・レミ〉って、やはり如月姫香《きさらぎひめか》の……」

「うん、娘だ。本名は如月マリアというそうだ。父親はアメリカ人とのハーフなんで、そんな名を付けたらしい」

爽香にとって大切な「人生の大先輩」、ベテラン女優の栗崎英子。彼女のせいで映画界を追われたという噂を信じ込んだ如月姫香が、その恨みを娘に吹き込んだのだろうか。

「如月姫香は、男に捨てられて、娘を必死に育てたが、病気で倒れた。娘のマリアは、母親が病気で苦しむのをずっと見て来て、栗崎英子を恨んでいたようだな」

「母親は……」

「娘が十七、八のころ死んだそうだ。マリアは美人だったから、それを武器に〈カルメン・レミ〉と名のって、金を稼いだ。――仕返しの機会が来るのをずっと待っていたんだな」

「悲しいですね。栗崎様がそんな人でないことぐらい、確かめれば分りそうなのに」

しかし、〈カルメン・レミ〉となったマリアにとっては、「恨みを晴らす」ことだけが、生きる支えになっていたのかもしれない。

「お前が栗崎英子のお気に入りと知って、お前のところの社長に近付いた。――その後は大丈夫か？」

「田端社長ですか？　特に何も……。〈カルメン・レミ〉が捕まったことはご存じのはずですが……」

「一度、ちゃんと説明した方がいいぞ。あの女がどんな話を吹き込んでるか分らん」

「機会を見て話します。でも、私が自己弁護するだけでは信じていただけるかどうか」

「何なら、俺も話してやる。客観的な証言があった方がいいだろう」

「ありがとうございます」

と、爽香は微笑んで、「でも、そこまでお願いしちゃ……。〈消息屋〉の業務外でしょ？」

「まあ、お前とは何かと腐れ縁があるからな」

――パスタを食べ終って、コーヒーを飲みながら、松下が言った。

「そういえば、あの殺人はどうなった？」

「〈Mパラダイス〉の久留《ひさとめ》さんのことですね。大変でしたよ。元警察の幹部だった人が人を殺したんですから。いくら娘のためとはいっても……」

「まあ、TVや週刊誌で、大方のところは知ってるがな」

〈M地所〉の開発プロジェクトに、爽香の勤めている〈G興産〉と共に参加していた、〈Mパラダイス〉の久留という男が、愛人との仲のもつれから、同僚で、久留の子を身ごもっていた貫井聡子《ぬくいさとこ》を殺した。手を貸したのが、久留の妻、由美《ゆみ》の父親で、元警視正だった小田《おだ》だったのだ。

犯罪はいずれ明らかになる。――そんなことは身にしみて知っていたはずの小田が、殺人に手を染めてしまった。

マスコミもさすがに騒いだが、警察としては不名誉な話で、報道は尻すぼみに終ってしまっていた……。

その事件があっても、〈M地所〉による開発プロジェクトは止まることなく進んでいる。爽香にとって、これから一段と忙しくなるかもしれなかった……。

「まあ、お前も身に覚えはなくても、恨みを買ってる可能性がいくらもある。用心するんだな」

松下の言葉に、

「いやなこと、言わないで下さいよ」

と、爽香は苦笑した。

「私がチーフを守ります！」

と、あやめが胸を張った。

「ともかく、今度の週末は、珠実ちゃんについて、学校行事の旅行です。キャンプの予定が、川の増水でできなくなって、旅館になったんですけど、のんびりできそうですよ」

「子供の付き添いか」

「父母会の役員なんで。忙しいから、普段はほとんど何もできないんですよ。こんなときにしっかりやらないと」

松下はちょっと笑って、

「いつもそうやって頑張ってるから、休めないんだ」

「仕方ないですよ。そういう立場ですから」

「チーフは、何だかんだ言っても、忙しくしてないと落ちつかないんですよ」

と、あやめがからかう。

「すぐに物騒なことに巻き込まれるんだ。用心しろよ」

そう言われると、爽香も言い返せない。

「チーフ、私、ついて行きましょうか」

「あやめちゃん、学校の行事なのよ」

「でも、普通の旅館に泊るんでしょ？　一般のお客がいたっていいじゃないですか」

「そりゃそうだけど……」

と、松下が言った。「どうせ、お前のことだ。ろくでもないことに巻き込まれるに決ってる」

「その方がいい」

松下にまで言われると、爽香も心配になってしまう。

「だけど……あやめちゃん、休日出勤にはならないわよ」

と、爽香は言った。

「杉原さん？　ええ、父母会の役員会で、何度か会ってるわ」

と、根津麻衣子は言った。「同じ仕事で？　偶然ね」

「見たところ若いが、ともかくしっかりした、いい仕事をする人だ」

と、根津雄一は夕食をとりながら言った。

「杉原珠実ちゃんのママ?」

と、娘の詩織が言った。「珠実ちゃん、知ってる。凄く元気のいい子だよ」

「土日は一緒よ」

と、麻衣子は言った。「ご飯、お替りは?」

「一杯でいい。太るもん」

「だめよ、しっかり食べないと。——あら」

玄関のチャイムが鳴った。雄一が、

「俺が出るよ」

と立って、インタホンに出ると、「——分りました」

「誰?」

「警察の人だ。ちょっと話が聞きたいとさ」

「まあ。——何のことかしら?」

「さあな。お前も来てくれ」

二人は玄関へと出て行った。

「夜分に申し訳ありません」

中年の、少しくたびれた感じの刑事である。後ろにはこの辺を担当している制服の巡査が立っていた。

「何か……」

と、根津は言った。「上っていただいた方が？」

「いや、それには及びません」

と、刑事が言った。「一昨日ですが、この先で事故がありまして。道路が工事中で、一時通行止になっていたのです」

「ああ、出勤するときに見かけましたよ」

「その迂回路になった細い道で、自転車に乗っていたお年寄が、車にはねられたのです」

「ほう、そんなことが」

「塀と車の間に挟まれたようで、お年寄は亡くなりました」

「気の毒に」

「しかし、その車はそのまま逃げてしまったのです」

と、刑事は言った。「ひき逃げ事件ということで、調べているのですが、何かお聞きになったこととか、ありませんか」

「さあ……。亡くなったのは何という方でしょう？」

「ええと……」

刑事は手帳を開けて、「国枝修介《くにえだしゅうすけ》さん。七十歳でした。ご存じですか」

「いや、知りませんね。お前は？」

夫に訊かれて、麻衣子は、

「私も全然……」

「そうですか。普段あまり車の通らない道でしてね。誰も事故を見ていないんですよ。──ご近所で、車を修理に出したとか、そんな話はありませんか」

「いや……。ご近所といっても、あまりお付合《つきあい》がなくて」

「そうですか。まあ、昨今は隣に住んでいる人も見たことがない、というのが普通ですからね」

と、刑事は言った。「そこに置いてあるベンツはお宅のですね」

「はあ。今日は用事で乗っていたものですから、表に……」

「家の前に車が置けるスペースがあるのは珍しいですよ。広いお家《うち》ですな」

「古いんです。父が建てたので」

「ちょっと車を拝見していいですか？　念のためです」

「ええ、もちろん」

根津はサンダルをはいて、刑事と一緒に外へ出た。

ライトを車体に当てて、ザッと見ると、

「きれいなものですな。いや、失礼しました」

「ご苦労さまです」

刑事と警官は行ってしまった。

玄関の上り口に立っていた麻衣子はホッと息をついた。

夫が車をガレージに入れていなかったので、もう一台車があることに気付かれなかったのだ。もし、麻衣子の車をチェックされていたら、おそらく小さな傷でも気付かれただろう。

運が良かった。——そうよ、私はツイてるんだわ。麻衣子はいつしか微笑んでいた。あそこで亡くなった老人のことは、全く考えていなかった。

「——やれやれ」

と、根津は玄関へ入って来ると、「ついでだから、車をガレージに入れとくかな」

「そうね。でも……明日でいいんじゃない？」

と、麻衣子は言った。

「そうだな、明日の朝にしよう」

根津は上って来て、「晩飯が途中だった。食べちまおう」

「ええ、そうしましょう」

と、麻衣子はダイニングへ戻りかけて、「いやだ。あなた、玄関の鍵、かけてないわよ」

「あ、そうか。——ついうっかりした。こういう風だと事故を起すんだな」

と、根津は笑って、「おい、ビール、あるか？」

と訊いた。

4　同伴者

「あら！」

と、爽香に気付いて、栗崎英子は手を振った。

爽香はつい笑顔になっていた。

今年八十六歳の大女優が、まるで友達を見付けた女子高生みたいに嬉しそうに手を振っているのが、何とも可愛《かわい》かったのである。

撮影所のスタジオの中は、台所のセットの辺りだけがライトを浴びて明るい。

「よし！　じゃ、これでお昼にしよう」

と、監督がディレクターチェアから立ち上る。「栗崎さん、午後は二時からでいいですか？」

「ええ、結構よ」

早速スタッフが準備にかかる。

「栗崎様、お似合いですね」

今日の英子は、和服に昔ながらの割烹着《かっぽうぎ》というスタイル。さすがにさまになっている。

「そりゃあ、生活の中で、こういう格好してたからね。今の若い女優が着ても、一体何をするものなのかも分らないんだから」

「それは……。私も割烹着って着たことありません」

「これは主婦の仕事着だからね。――お昼にしましょ」

爽香は、英子について、撮影所の中の食堂へ向った。マネージャーの山本《やまもと》しのぶが駆けて来て、

「待って下さい！」

と、息を弾ませる。

「あら、どこにいたの？」

「そんな……。もう五十過ぎなんですから、さっさと行っちゃわないで下さいよ」

「八十六の私に向って言うこと？」

と、英子が笑う。

「例外ですよ、栗崎さんは。ねえ、杉原さん？」

山本しのぶも、栗崎英子のマネージャーになってずいぶん長い。五十を少し出たところだろうが、ここ三、四年で大分太っていた。

爽香も付合って、食堂のランチを食べる。揚げものの、少々重いランチだったが、英子はペロリと平らげた。

この食欲なら、まだ当分お元気だわ、と爽香は内心舌を巻いた。

「――ご報告です」

爽香は、〈カルメン・レミ〉こと如月マリアについて、松下から聞いたことを伝えた。

「そうなの」

と、英子は肯いて、「でも、母親の如月姫香の方が誤解をといてくれないと、また狙われるかもしれないわ」

「ええ。何か方法を考えましょう。弁護士さんにでも相談してみます」

「あんた、忙しいんでしょ。しのぶちゃん、代りにやってよ」

「分りました」

「でも、私の方がそういうことは慣れていますし……」

と、爽香は言った。「今度の週末は、珠実のキャンプについて行くので、週明けにご相談します」

「大変ね、母親業も」

と、英子は言った。「キャンプって、どこかの山の中？　熊が出ない？」

爽香が、川の増水で旅館に泊ることになったと説明すると、

「あら、そこって……。ね、今度ロケに行く辺りじゃない？」

と、英子はしのぶに訊いた。

「そうですね。たぶんすぐ近くですよ。ロケも土曜日から三日間で」

「いいわね。同じ旅館に泊ろうかしら。しのぶちゃん、訊いてみて」

「でも、事務所の方で予約してますよ」

「構やしないわ。私も、自分が名付け親になった子に会いたい」

言い出したら、思い通りにする英子だ。しのぶはため息をついて、

「分りました。話してみます。杉原さん、旅館はどちらですか？」

「栗崎様が泊られるような所じゃないと思いますけど……」

「私は大丈夫。戦争中はひどい所で寝てたんだから」

「いつの話ですか？」

と、爽香は苦笑した。


「ママ、おじいちゃんはどうしたの？」

娘に訊かれて、佐和《さわ》はハッとした。

いつの間にか、ぼんやりしている自分に気が付いたのである。

「おじいちゃんはね……」

と、佐和は言いかけて、「希《のぞみ》ももう八つなんだから、分るでしょ。おじいちゃんは死んだの」

――父、国枝修介の写真が、黒いリボンをかけて、愉快そうに笑っている。

あの写真には、本当は孫の希も写っているのだ。修介にとっては、ただ一人の孫が何より可愛かったに違いない。

「――病気じゃないのに?」

希はふしぎそうに訊いた。

TVドラマなどで、病院のベッドで息を引き取る老人の姿を見ているせいだろう。

「そう。病気じゃなくてもね、亡くなることがあるの」

――通夜の席だった。

今は通夜も告別式も、斎場で行うのがほとんどだ。本当は、父が生れたときから住んでいた、あの古い家で送ってやりたかったが、それには手間がかかる。

仕事が忙しい佐和には、とてもそんな余裕がなかった。

「やあ、どうも……」

と訪れるのは、修介と会社で同僚だった人がほとんどだ。

佐和には顔の分らない人が多かったが、こういう席では型通り、

「ありがとうございました」

と、頭を下げておけばいいので楽だった。

国枝佐和は今四十歳。母は早く亡くなり、父と二人暮しが長く続いた。

就職した会社の男性と付合ったが、結婚までは踏み切れず、迷っていた二十代の終り、たまたま仕事で知り合った中年男性と恋に落ちた。

しかし、相手には妻子があり、一年、二年付合う内、遊びとしか思っていない男の本音が見えて来た。別れを決心した後、妊娠していることが分ったが、男にしがみつく気にはなれなかった。

父に打ち明けた。父は、

「お前の好きにしろ」

と言ってくれた。「子供が産まれたら、できるだけのことはしてやる。どうせ定年で暇だ」

佐和はシングルマザーになる道を選んだ。そして、今、娘の希は八歳になった。

もう少し、父が生きていてくれたら……。

「希が嫁に行くまで死なんぞ」

と、冗談半分に言っていた父。

まさか車にはねられて死ぬなんて……。

「――どうもこの度は」

白髪の男が佐和に声をかけて来た。一瞬、誰なのか分らなかったが、

「あ、相良《さがら》さん」

修介とよく囲碁を打っていた知人で、佐和はあまり話したことがなかった。

「ひき逃げだって？　ひどいねえ」

と、相良は首を振った。

「はあ……」

「まだ犯人、捕まらないの？」

「ええ、どうもなかなか……」

佐和は曖昧《あいまい》に言った。

希の前で「ひき逃げ」という言葉を使ってほしくなかった。相良は父の仕事の知り合いというわけでなく、父が定年になってから、近所の囲碁のサークルに顔を出したときに知り合った男である。

前もって連絡もなくやって来て上り込み、夕飯まで食べて行ったりすることが度々あり、佐和はあまり好《よ》い印象を持っていなかった。

「あ、井上《いのうえ》さん、どうもわざわざ」

佐和は、父の同僚だった男性が来たのを見て、声をかけた。相良が立ち去ってくれるだろうと思ったのだ。

ところが、相良は少し脇へ寄っただけで、また佐和の前に出て来ると、

「あのね、ちょっとあんたに話があるんだ」

と言い出したのだ。

「相良さん、いまはちょっと……」

「うん、分ってる。ただ、片付けられちまうと困ると思ってね」

「何のことでしょう」

「ちょっとね、あんたのお父さんに貸しがあるんだ」

「父が――お借りした？」

「うん、まあ、ここじゃ何だから、また二、三日したら伺うから。――それじゃ」

相良は親しげに手を振って見せて、行ってしまった。

佐和は、何とも言えないいやな気分になっていた。

父があの相良から何かを借りたなどということはあり得ない。お金のことはもちろん、本一冊の貸し借りにも、きちんとしないと気の済まない人だったのだ。

相良は一体何を言いたいのだろう？

「どうも、このたびはお気の毒なことでして……」

父の仕事で付合のあった会社の社長だった。

「まあ、どうもお忙しいのに……」

「いや国枝さんに、うちの社はずいぶん救われたんです。恩人ですよ」

「そんなことが……」

「明日の告別式に、私はあいにく伺えないのですが、社員が全員やって来るはずです。明日一日臨時休業にしたので」

「ありがとうございます。そこまでしていただいて……」

佐和は涙ぐんだ。

「受付とか、人手がいるでしょう。朝から、そういうことに慣れた者を何人か寄こしますから、どうにでも使って下さい」

「まあ……。ありがとうございます」

社長に付いて来ていた若い社員が、佐和に名刺を渡した。〈宗方健治《むねかたけんじ》〉とあった。

「〈K工務店〉の総務におります。裏にケータイ番号がありますので、いつでもご連絡下さい」

「ありがとうございます。心強いですわ」

「では今日はこれで……」

と、社長が一礼して、二人は帰って行った。

同じ通夜のお客でも、色々いるんだわ、と佐和は思った……。

「栗崎さんが？」

と、明男が言った。「よっぽど爽香のことが心配なんだな」

「お母さんって頼りないんだね」

と、珠実がカレーを食べながら言った。

「ちょっと！　誰がそんなこと言ったの？」

と、爽香がにらむ。

「あやめさん。『私がついてないと、お母さんは何もできないのよ』って」

「全く、もう……」

苦笑するしかない。

「準備できたのか？」

「もうすっかり荷物は詰めたわよ。珠実ちゃん、自分の物はちゃんと自分で揃《そろ》えてね」

「うん、分ってる。お母さん、頼りないからね」

「おいおい」

と、明男は笑って、「お前のお母さんはな、頼りになり過ぎるんだ。だから何かと危いめにあうのさ」

「ふーん……」

珠実にはよく分っていないようだった。

「あ、私のケータイね」

ケータイの鳴る音に、爽香は立ち上って、リビングに行くと、テーブルの上の自分のケータイを手に取った。

「噂をすれば、だわ」

久保坂あやめからである。「――はい、もしもし」

「あ、チーフ、お食事中ですか」

と、あやめが言った。

「うん、今うちで食べてる。何か？」

「明日からのキャンプですけど」

「ああ、旅館になったの、言ったでしょ？」

「はい、分ってます。朝の集合場所と時間は同じですか？」

「そうだけど。――どうして？」

「じゃ、その時間に行きます」

「ちょっと！　まさか、あやめちゃん――」

「大丈夫です。ちゃんと別の車で行きますから」

「ええ？　あなた、本当に一緒に来るつもり？」

てっきり冗談だと思っていた。

「私がいないと、チーフは危なっかしくてしょうがないですから。では明朝」

あやめはさっさと切ってしまった。

爽香はしばらくケータイを手に、呆然《ぼうぜん》と立っていた……。

5　微かな不安

「あなた。行ってくるわね」

と、麻衣子は夫に声をかけた。

「うん？」

ベッドから根津雄一は起き上って、「もう行くのか」

「今日から学校の旅行よ」

「分ってる。キャンプだろ」

と、根津は欠伸しながら言った。「気を付けてな」

「キャンプじゃなくて、旅館になったのよ。言ったでしょ」

「分ってるとも」

根津はベッドから出て伸びをした。

金曜日の朝。――これから、麻衣子と娘の詩織は二泊の旅行だ。

「あなた、会社、遅刻しないでよ」

麻衣子はそう言ってから、「詩織、ちゃんと食べた?」

「うん」

と、階下から返事がある。

「お見送りするか」

パジャマ姿のまま、根津は麻衣子と一緒に階段を下りた。

「パパ、行って来ます!」

詩織はリュックをしょっている。

「ああ。無茶するなよ。先生の言うことをちゃんと聞いてな」

母娘が玄関で靴をはくのを見ながら、「晴れてるのか?」

「曇ってるけど、雨は降ってないわ」

「車で送れば良かったな」

「大丈夫よ、そんな大荷物じゃないわ」

と、麻衣子は言って、「さ、出かけましょう」

「はーい」

詩織が振り返って、「行って来ます!」

と、もう一度言った。

「ああ、楽しんで来いよ」

と、根津は笑顔で言った。

麻衣子が玄関のドアを開けると、

「詩織、出て。私が鍵かけるから」

「鍵ぐらい、俺がかけるよ」

と、根津がサンダルをはいて、「何かあったら電話しろ」

「忘れ物したら、届けてね」

と、麻衣子は笑って言った。

表へ出ようとした詩織が、ふと、

「ね、ママ。車の傷は直ったの?」

と言った。

「え? ——何言ってるの。あんなの、どうってことないわよ。じゃ、行きましょ」

二人が出て行く。

根津は二人を見送ってから、玄関のドアを閉めた。

「車の傷だって?」

——そんなことは聞いていなかった。

根津は、急に眠気がさめてしまった。

詩織が「車の傷」と言ったとき、麻衣子がハッとするのが分った。そして、急にせかせかと出かけて行ってしまった。

根津は上ると、

「いや……。まさか……」

車の傷。——それはあのとき、刑事がちゃんと見て行って……。

いや、違う。あのとき、刑事は外に出ていたベンツだけを見て行った。ガレージにもう一台の車が入っていることを考えなかったのだろう。

「そんな馬鹿な……」

そうだ。麻衣子はあの車ならいつも乗っていて、慣れている。事故など起すわけがない。

あの日——工事で迂回路に回らなくてはならなかった。

麻衣子は？　あの日、車を使ったのだろうか？

根津は、しばし玄関を上ったまま、立ち尽くしていた。

することは簡単だ。ガレージに行って、麻衣子の車を見る。

しかし——怖かった。もし「傷」があったら？　どうするんだ？　一一〇番して、

「妻がひき逃げしたらしいんです」

と知らせるのか？

「そんなこと、できるか！」

そうだ。――馬鹿げた心配だ。

忘れよう。何も心配しないで、寝てしまおう。

根津は二階へ上って行った。眠ろうとしても、眠れないことは分っていたが……。

「ご迷惑かけました。明日から出社しますので」

と、国枝佐和は言った。

「大丈夫なのかい？」

「はい、もうすっかり。――明日はちゃんと行きますので」

くり返して、佐和は電話を切った。

父の遺骨と写真へ目をやる。

まだ、父をはねた車は見付かっていない。むろん、必ず見付けてほしいと思っているが、たとえ犯人を逮捕したところで、父が生き返ってくるわけではないのだ……。

希はもう学校へ行っていた。――そう、気持を切りかえて、仕事に戻らなくては。

ケータイが鳴った。

「――はい」

「あ、国枝さんですか。〈K工務店〉の宗方です」

「まあ、どうも」

葬儀の細々としたことで、力になってくれた人だ。「色々とありがとうございました」

「いや、お役に立てたのなら良かったんですが」

「もちろんです！　私一人じゃ、どうしていいか分らないことばかりで。本当にありがたかったですわ」

「それなら良かった」

と、宗方は言った。「社長からも、よろしくとのことです」

「こちらこそ。改めてお礼に伺おうと思っていました」

「そんなお気づかいは不要ですよ。お父様には本当にお世話になったんですから」

佐和は、宗方の爽やかな印象が忘れられなかった。むろん、宗方は佐和よりずっと若い。たぶん、はっきり聞いてはいないが、三十四、五だろう。

八歳の娘のいる佐和としては、宗方を好きになったりはしないつもりだった。それに、宗方が既婚者かどうかも知らないのだ。

でも、話していて安心できる相手であることは確かだった。

「あの――国枝さん」

と、宗方が言いかけたとき、玄関のチャイムが鳴った。

「あら……。すみません、宗方さん。後でこちらからかけます」

「いや、いいんです。大した用じゃないので。では……」

と、宗方は切ってしまった。

何を言いかけたんだろう、と佐和は気になったが——。チャイムがしつこく鳴った。

佐和は玄関へと急いだ……。


「あの……」

と、佐和は言った。「今、何とおっしゃいました?」

「まあ、これを見てもらえれば分るでしょ」

と言ったのは、父の囲碁の相手だった相良である。

通夜の席で、何か父に「貸しがある」と言っていたのを、佐和も忘れていたわけではない。

しかし、几帳面《きちようめん》だった父が、相良から何かを借りるなどということが、あるはずはなかった。

突然訪ねて来た相良が佐和に見せたのは、〈借用証〉だった。

「父が——あなたからお金を借りたとおっしゃるんですか」

「そう書いてあるでしょ」

相良はタバコを取り出して火を点《つ》けると、「灰皿を出して下さいよ」

と言った。

「家《うち》に灰皿はありません」

と、佐和は言った。

相良は渋い顔になったが、佐和の出したお茶の中に灰を落とした。

「こんなこと、あるはずがありません」

と、佐和は言った。「父には自分のお金もありました。借金する必要なんて……」

「しかしね、本当に借りてたんだから」

と、相良は言った。「見れば分るでしょ。三百万、借りたと書いてある」

確かに、〈借用証〉には、父、国枝修介が相良から三百万円を借りたとある。パソコンで作った文書だ。

「分るでしょう、あんたが見れば」

と、相良は言った。「お父さんの署名もあるし、印も押してある」

父の署名は、確かにそれらしく見えたし、〈国枝〉の印も、同じように見えた。

「でも、どうして父が……」

「女にゃ分らないんだな」

と、相良がニヤリと笑って、「あんたのお父さんも言いにくかったんだよ。女遊びに使った金だなんてね」

「女……」

「男ってのは、いくつになっても同じさ。特に国枝さんはいい男だったしね。女がいてね、困ったことになってるんだと話してくれたよ」

「父がそんな……」

「本当だから仕方ないだろ」

薄笑いを浮かべた相良の顔に、佐和は吐き気を覚えた。——今の相良は、父の生前に訪ねてきたときとは別人だった。

いや、これが相良の本性なのだ。おそらく父の人の好《よ》さにつけ込んで予《あらかじ》め計画していたに違いない。

「まあ、あんたも一人になったばかりで、こんなことを持ち込まれて困るだろう。しかしね、私もあり余る金を貸したわけじゃない。三百万、ちゃんと返してもらわないと、こっちが困っちまうんだよ」

しかし、相良の方にも誤算があった。佐和を、ただの世間知らずのお嬢さんと思っていたことだ。

佐和は自らシングルマザーの道を選んで、それはそれで色々な偏見や差別を経験していた。相良のようなタイプの男と対するのも初めてではない。

「——そうだったんですか」

と、佐和は肩を落として、「父がそんなことを……」

ハンカチを取り出して、出てもいない涙を拭《ぬぐ》った。

「私も、あんたをいじめようってんじゃない。困ったことがあれば、何でも相談に乗るよ。あんたのお父さんから、『娘は何といっても女だからね、力になってやってくれ』とも言われてた」

自分が死ぬなどと思ってもいなかった父が、そんなことを言うわけがない。佐和はつい笑ってしまいそうになって困った。

「相良さん。お借りしたお金は必ずお返しします。ただ、急なことだったので、父の持っていたものも整理できていません。少しお時間を下さい」

「ああ、いいとも。じゃあ……」

「この借用証、コピーさせて下さいね」

佐和は借用証をパッと手に取って立ち上ると、家庭用のファックスの置いてある廊下へ出て、コピーを取った。

「――すみません。では、近々ご連絡しますので」

と、借用証を返して、「今日は娘のピアノの日なんです。出かけなくてはいけないので」

と、うまく相良を帰してやった。

一人になると、怒りで震えた。――しかし、相良の様子を見ていると、ただの嘘つきというわけではあるまい。

用心した方がいい。佐和の直感はそう教えていた。

しばらくソファにかけていた佐和はケータイを手に取った。

「——もしもし、国枝です」

「ああ、わざわざどうも」

と、宗方は嬉しそうに言った。「ご用は済んだんですか？」

「宗方さん」

と、佐和は言った。「お願いがあります。助けて下さい」

佐和の真剣な口調に、向うはちょっと面食らったのだろう。少し間《ま》が空いた。

「こんなこと、突然申し上げてすみません」

と、佐和は言った。

「いや、とんでもない」

と、宗方も、何かとんでもないことがあったと分ったようで、「私にできることなら何でもおっしゃって下さい」

「お会いして説明したいのですけど。お忙しいのに申し訳ありませんが」

「分りました。今はご自宅ですか？」

「はい。家におります」

「すぐに伺います」

「でも、お仕事中では——」

「呑気《のんき》に仕事なんかしていられません！　すぐ社を出ますので」

「ありがとうございます」

「三十分で伺います」

早口にそう言うと、宗方は電話を切った。

佐和は息をついた。

「いい人だわ……」

と呟く。

あの借用証が偽物《にせもの》だということを、何とか立証しなければならない。佐和一人の手には余ることだ。

宗方に相談しよう。——ほとんど直感的に佐和はそう決めていた。

そして——驚いたことに、宗方はわずか十五分でやって来た。

「大丈夫ですか！」

と、玄関へ入って来るなり言った。「強盗でも入ったのかと……」

「ごめんなさい！　そんなことじゃないんですけど」

佐和もびっくりしてしまった。確かに、具体的なことを何も言っていないのだから、何ごとかと思っただろう。

恐縮して、佐和は宗方にコーヒーをいれた。

「いや、ご無事で良かった」

と、宗方は汗を拭いていた。

「すみません、ご心配かけて」

と、佐和は言った。「娘が帰って来るのにはまだ時間があります。ご説明しても?」

「伺います」

佐和は、コピーした借用証を持って来ると、

「実は、ご近所に相良という人がいて……」

と、話を始めた。

6　水の流れ

子供たちを乗せたバスは、橋の手前で一旦停《とま》った。

前方の座席で少しウトウトしていた爽香は目を開けて、もう着いたのかしら、と思った。

しかし、そうではなかった。ガイドとして付き添っていた旅行社の女性が、立ち上ると、

「左手の川をご覧下さい」

と言った。「初めキャンプする予定だった河岸のキャンプ場です」

バスの窓から見下ろして、誰もが、

「ワア！」

と、声を上げた。

キャンプ場だと分るものは、頭だけが出ている看板と、旗を立てるポールだけで、そこも泥の色の激しい流れに洗われていた。

「凄い雨だったんですね」

と、母親の一人が言った。

「ええ。山の上の方で特に大変な量の雨が降りました。この川がこんなに水量が多くなったのは何十年ぶりかだそうです」

「良かったわ、キャンプをやめて」

と、担任の大月加也子が言った。

もちろん、こんな状態でキャンプなどできるわけもない。

「じゃ、旅館へ向います」

と、ガイドの女性が言って、バスは再び走り出すと、川にかかる大きな橋を渡った。

何メートルか下を流れる泥の川は渦巻くような勢いで、音をたてて流れていた。

「怖いわね」

と、首を振りながら言ったのは、根津詩織の母親の麻衣子だった。

根津雄一と、仕事でつながりがあるというので、何となく話が弾み、爽香は並んで座ることになった。

「水の力って凄いですからね」

と、爽香は言った。

「旅館になって、正直ホッとしたわ」

と、麻衣子が言った。「私、外でキャンプするとかって、苦手なの。虫がいるでしょ。それに、蛇とか……。考えただけでだめ」

と、身震いする。

「じゃ、良かったですね、旅館で」

「ええ」

麻衣子は肯いて、「でも、旅館にするってことで、参加を取り止《や》めた方もいたのね」

「お二人ですね。費用がかかりますから」

「そうね。——きっとお勤め先が不景気なのね」

と、麻衣子は言って、「杉原さんの所は共稼ぎ?」

「ええ、そうです。一人の稼ぎじゃ、とても……」

「でも、主人が言ってたわ。杉原さんは〈G興産〉でも指折りのエリートだって」

「ただ、こき使われてるだけですよ」

と、爽香は言った。

「そうね。今は女も大変よね。男並みに働かされるし、そのくせ給料は低いしね。私なんか専業主婦で慣れちゃってるから……」

「主婦は主婦で忙しいんでしょう? 私なんか手抜きですけど」

「どこまで完璧にやるかだわね。——お宅は二人目、作らないの?」

「さあ。もう四十四ですし」

「え？　じゃ、同い年齢《どし》？　まあ……」

麻衣子は目を丸くして、「てっきりまだ三十代だと思ってた。ごめんなさい、失礼なこと言って」

「何しろ童顔なんで」

と、爽香は笑って言った。

「間もなく旅館に到着します」

と、ガイドがマイクを手に言った。


旅館のその窓からは、玄関正面にバスが着くのが見下ろせた。

数人の大人が降りて来た後、子供たちがにぎやかに、ゴムまりの弾むのを思わせる元気さで次々に降りて来る。

あの中に、杉原珠実がいるはずだ。

目を移すと、木立ちの間を通して、大分離れてはいるが、水かさの増した激しい川の流れが見えていた。あそこでキャンプする予定だったのだ。

川か……。泥が混《まじ》った激しい流れ。

あの中に呑《の》み込まれたら、大人だって到底助かるまい。

子供はなおさらだ。少々けがや打ち身のあとがあっても、遥《はる》か下流まで流されたら、それが人為的なものかどうか、判断できないだろう。

そう。それが一番いい。

事故に見せかけること。子供を殺すのは、正直気が進まないが、引き受けた以上、やらなければならない。

あの川の近くへ、杉原珠実を連れ出し、ひと押しすれば、それで終りだ。

ただ——母親の杉原爽香は、これまでいくつも事件に係って来たそうで、たぶん子供たちにも目を光らせているだろう。

とはいえ、自分の娘が狙われていることなど全く知らないはずだ。二十四時間、子供を見てはいられない。

大丈夫。隙《すき》は必ずある。

その人物は、そっと窓のカーテンを閉めた……。


「爽香さん」

旅館の玄関を上ったロビーで、栗崎英子が手を振った。

「あ、栗崎様」

爽香はちょっと会釈したが、「すみません、役員なもので」

「ええ、いいのよ。ただ、いるって知らせたかっただけ」

と、英子は言った。

珠実が目ざとく英子を見付けて、

「英子おばちゃん！」

と駆け寄った。

「まあ、また大きくなったわね！」

と、英子は珠実の頭を撫《な》でて、「良かったわ。珠実ちゃんに会いたかったのよ」

「私、お母さんより大きくなるよね」

「そうね。あと二、三年したら、もう同じくらいになるんじゃない？」

「もう、親をチビ扱いして」

と、爽香がやって来ると、「珠実ちゃん、ほら、先生が待ってるわよ」

「はあい」

珠実は英子に、「また後で！」

と、手を振って駆けて行った。

大月加也子が、生徒たちに注意事項を説明している。もっとも、聞いている子はほとんどいない。

「栗崎様、もうロケは終ったんですか？」

と、爽香は訊いた。

「まだ残ってるの。川があんなでしょ。本当はきれいな渓流の所で撮りたいらしいんだけど、二、三日はあんな風でしょ。ディレクターが他の場所を捜しに行ってるわ」

「自然ばかりは仕方ないですね」

と、爽香は言った。「夕食の後にでも、改めて」

「いいのよ、無理しないで」

と、英子は微笑んで、「あら、こんな所まで仕事を持って来たの？」

と言ったのは、旅館に入って来た久保坂あやめに気付いたからだ。

「栗崎様、ごぶさたしております」

と、あやめが上って来て、「チーフが、私がいないと寂しいって言うもんですから」

「もう……。勝手について来たんです」

「用心棒です。何しろ、ちょっと目を離すと、チーフは危いことばっかりしているんで」

「それは言えるわね。事件を引き寄せる磁力のようなものを出しているのよ、爽香さんは」

「栗崎様まで……。あやめちゃん、いいの？　旦那様を放ったらかしといて」

「そうそう。堀口《ほりぐち》画伯はお変りない？」

と、英子が言うと、

「ご自分の目でお確かめ下さい」

と、あやめは言った。

何と堀口豊《ゆたか》がボストンバッグを手に、旅館へ入って来たところだった。

「まあ！　あやめちゃん、あなた――」

「間違えないで下さい。あちらがついて来たんです。私が連れて来たんじゃありません」

と、あやめは言って、「本当は、栗崎様がいらっしゃると聞いて、急に来る気になったんですよ」

「やあ、これは大女優さん。久しぶりにお会いできて嬉しいですよ」

英子は堀口と握手をして、

「奥様が嫉妬されるといけないから、握手だけにしておきましょう」

と言って笑った。

――爽香は、旅がにぎやかになって嬉しくもあったが、

「まさか本当に、何か起らないわよね……」

と、思わず呟いていたのだった……。

「――ええ、無事に着いたわ、さっき」

と、麻衣子は言った。「みんな大はしゃぎで、今、大浴場に行ってる。いい温泉よ、なかなか」

詩織は他の子たちと一緒に大浴場へ行っている。

本当なら麻衣子も付合うべきだろうが、一人部屋に残って、夫にケータイで電話していた。

「それなら良かった」

と、根津雄一は言った。「杉原さんは一緒なんだろ？　よろしく言ってくれ」

「ええ、来る途中、バスの中でも、隣の席だったの。あなたの話も出てたわ」

「そうか。まあ、のんびりして来い」

「ええ。何か――変ったことは？」

と、麻衣子は訊いた。

「いや、何もない。どうしてだ？」

「別に、訊いてみただけ」

――麻衣子は、通話を切った。

そう。別に変ったところはない。いつもの通りの夫だ。

麻衣子は廊下へ出た。

実のところ、朝、家を出るときに、詩織が車の傷のことを言い出したのが、ずっと気になっていたのだ。

おそらく、夫の耳にも入っただろう。気にしていたら、麻衣子の車を見に行ったかもしれない。

傷はそのままになっている。この時期に塗装に出したりすれば、却《かえ》って目をつけられそうで、怖かったのだ。

もし、夫が疑いを持っていれば、話していて分るはずだ。――大丈夫。大丈夫だわ。

麻衣子は自分にそう言い聞かせた。

ロビーに行くと、もう温泉から上って来た子もいて、TVを見ていた。

今から大浴場に行っては遅すぎる。――麻衣子はソファにかけて、置いてあった新聞を広げた。

「――ちょっと失礼」

と、男が、テーブルの上のスポーツ紙へ手を伸《の》ばした。

「あ、どうぞ」

と、麻衣子はスポーツ紙をその男の方へと押しやった。

「どうも……」

と言って、その男は、「――あれ？　麻衣子？」

「え？」

びっくりして顔を向けると、少し禿《は》げ上ってはいるが、昔見慣れた顔がそこにあった。

「まあ！　野々村《ののむら》さん」

「やあ。――こんな所で」

浴衣《ゆかた》姿の男性は、野々村修《おさむ》といった。

麻衣子が大学生だったころ、付合っていた男である。一年先輩の、同じゼミの学生だった。

「変らないね、ちっとも」

「そんなこと……。もう二十年くらいたつじゃないの」

「そうか。――そうだな」

と、ソファに並んでかけると、「僕は大分頭の方が心細くなったよ」

「大して違わないわ」

と、麻衣子は笑って、「家族旅行？」

「いや、息抜きの一人旅さ」

と、野々村は言った。「君は？」

「付き添いなの。学校行事の」

「じゃ、お子さんが？」

「ええ、今十歳で……」

そこへ、詩織が赤い顔をして、

「ママ！」

と駆けて来て、「再会」は打ち切りになった。

7　ロケ

大食堂での夕食は、にぎやかだった。

いくら先生が、

「静かに食べて！」

と言ったところで、子供たちにはとてもかなわない。

他の客には別室で食べてもらうようにしてくれたので、苦情の心配はなかった。

「――これで、ちょっと落ちつくわね」

と、食事しながら、根津麻衣子は言った。「やっぱりキャンプなんだから、楽しくないとね」

川原ではないから、そう騒ぐわけにもいかないが、生徒の方でも、「外は汚なくていや」という子が結構多かったらしく、旅館になって良かったのかもしれない。

「――まあ、にぎやかね」

と、やって来たのは栗崎英子だった。

「あ、栗崎様――」

「いいの、こっちにしてもらったのよ」

と、爽香と同じテーブルについた。

山本しのぶも一緒で、

「明日、ロケが入ったんです」

と言った。

「いい場所があったんですか？」

「少し山の上の方でね」

「まあ。栗崎様にご負担が……」

「私は大丈夫」

と、英子は笑って、「監督がだめなのよ。太っちゃっててね。まだ四十いくつのくせに、すぐ息切らして」

「明日も、ロケの場所まで行けるのか、心配です」

と、しのぶが言った。

「お天気は良さそうよ」

と、英子は至って呑気である。「ここ、お料理はどうかしら」

「栗崎様にはちょっと……」

「いいのよ、そこそこ食べられれば」

と、英子は言った。「そりゃあ、一流の料亭でひどいもの出されたら腹が立つけど、こういう旅館にはそれなりの役割があるのよ」

そういう割り切り方はみごとだ、と爽香は思った。

定食の膳が来て、英子は食べ始めた。

「――栗崎様にも、同じものしかご用意できませんで、申し訳ありません」

と、仲居が恐縮している。

「いいのよ。冷凍ものね。でも、今は冷凍だっておいしいわよ、結構」

「恐れ入ります」

「お茶をちょうだい」

「失礼いたしました！」

仲居が急いでお茶をいれてくる。

「ああ、いい色ね。お茶は少しこだわらないと」

と、英子は一口飲んで肯くと、「あなた、ここの仲居さん？」

「はい。栗崎様のお世話をさせていただきます、安田亜里《やすだあり》と申します」
三十七、八というところだろうか。地味だが落ちついた雰囲気の女性だった。
「よろしく」

「はあ、こちらこそ。何でもご用があればお申しつけ下さい」

と、安田亜里は言った。

ともかく、穏やかな一夜だった。


ライトを当てると、傷がはっきりと見てとれた。根津雄一は深く息をついた。

迷ったあげく、やっとガレージに入った。麻衣子の車の「傷」を確かめたのである。

「間違いない……」

と呟く。

もちろん、どこかで、ただこすっただけの傷ということもあり得る。しかし、朝、出かけて行くときに、詩織から「車の傷」のことを突然言われてハッとしたあの様子から考えて……。

おそらく、間違いないだろう。麻衣子が、国枝という老人を死なせたのだ。

どうする？——どうしたら？

根津は、車に手をついて、悩んだ。

このまま黙っていれば分らないだろうか。しかし、警察が、この二台目の車のことを知ったら、当然調べに来る。

そうなったら、もう手の打ちようがないのだ。

といって——この傷をどうするか。持ち出して傷を修理したら怪しまれるだろう。

「参ったな……」

と、根津が首を振った。

そこへ、

「何が参ったの？」

と、女の声がして、根津はびっくりした。

「おい……」

と言いかけて、「何だ。——君か。びっくりさせないでくれ」

「忘れてたの？　今夜会うことにしてたでしょ？」

と、女が言った。「ちっとも連絡してくれないから……」

「ああ、すまん！　ちょっと……色々あってな」

「いいけど。——奥さんも娘さんもお出かけでしょ？」

「ああ。今朝発《た》ったよ」

「じゃ、大丈夫ね、私が泊っても」

水谷弥生《みずたにやよい》。——〈K照明〉で、根津の部下である。二十八歳の、明るい子だ。

「いや……。泊るのはまずい。後で麻衣子が気が付くかも……」

「じゃあ、どこかへ出かけましょ。ともかくお腹が空いたわ」

「うん。——じゃ、そうするか」

根津は、ともかく目の前の問題から逃げられるのでホッとしていた。

「これ、奥さんの車？」

と、水谷弥生は訊いた。

「そうだよ」

「この車で出かけない？」

「え？　いや……」

「分りゃしないわよ」

「そうかもしれないが……」

根津はためらっていた。

「いいわ、どっちでも。タクシーにしましょうか。お酒も飲めるし」

「ああ、それがいい」

根津はホッとして、「仕度してくるよ」

「ええ、待ってるわ」

根津が家の中へ入って行く。弥生は麻衣子の車の周りを歩いて、ケータイを取り出すと、車体の写真を撮った。

そして、車体の傷にそっと指で触れると、

「これね」

と呟いて、そこをさらに何枚か撮った。

少しして、根津が出てくる。

「ね、どこかでおいしいイタリアンが食べたい！」

と言うと、弥生は根津の腕にしっかり自分の腕を絡ませた。


「元気ねえ……」

爽香は欠伸しながら言った。

「それが子供ってもんですよ」

と、久保坂あやめに言われて、爽香は苦笑した。

「旦那様は、まだおやすみ？」

と、爽香が訊くと、

「あの人は、もうとっくに起きて、近くを散歩してます」

「へえ……」

——朝食はまた大騒ぎだった。

子供たちは、前の晩、いい加減夜遅くまで起きていたはずだが、朝食の席には元気一杯で集まっていた。

「やあ、おはよう」

と、堀口がやって来て、爽香たちに加わった。

「外はどう？」

と、あやめが訊く。

「うん、冷たい空気がキリッとして気持いいよ。――大女優さんも散歩していた」

「栗崎様がですか？　かなわない！」

と、爽香がため息をつくと、正《まさ》にそこへ、

「おはよう」

と、当の栗崎英子がやって来たのである。

「おはようございます」

「あやめちゃん、お宅のご主人とデートして来たわよ」

「どうぞ、ご遠慮なく」

と、あやめは言った。「私たち、深い愛で結ばれていますので」

「負けるわね！」

と、英子が大笑いした。

朝食をとりながら、

「今日は何をするの？」

と、英子が訊く。

「私はついて行くだけですから……」

と、爽香は言った。「たぶん、山を歩くんじゃないでしょうか。お天気いいですし」

「山に？　それじゃ一緒ね」

と、英子は言った。「どうせなら、ロケ、見にいらっしゃいよ」

「え？　でも、お邪魔でしょう」

英子の声はよく通るし、それに生徒たちもTVドラマで、英子の顔は知っているから、英子の言葉を聞いて、

「わあ！　ロケ、見に行くって！」

「え！　やった！」

「行こう、行こう！」

と、大騒ぎになる。

大月加也子がびっくりしてやって来た。

「あの——栗崎英子様でいらっしゃいますか。私、この子たちを引率《いんそつ》して参っております大月加也子と申します」

と、律儀に挨拶《あいさつ》して、「あの……今のお話は本当でしょうか」

「ロケのこと？　ええ、構いませんよ。普段あんまり見てないだろうから、面白いん

じゃないかと思って」

「それはもう……。もしお邪魔でなければ……」

大月加也子は何度も頭を下げた。

「ああ、ちょうど良かったわ」

英子はマネージャーの山本しのぶがやって来たのを見て、「ね、しのぶちゃん、監督に連絡して」

「は？　何でしょうか？」

しのぶは今やって来たばかりで、事情を知らない。英子の話を聞いて目を丸くすると、

「このお子さんたち、全員ですか？」

と言った。

「そうよ」

と、英子はいともアッサリ肯いて、「どうってことないでしょ、エキストラだと思えば」

英子が本気だと分ったらしいしのぶは、ため息をついて、

「分りました。プロデューサーに訊いてみます」

と、急いで出て行った。

「――栗崎様」

と、爽香は言った。「本当によろしいんですか?」

「もちろんよ。年はとっても栗崎英子、それぐらいのことは言うことを聞かせてみせるわ!」

と、英子は見得《みえ》を切った。


まずい、とその人物は思った。

子供たちだけでなく、大人がついて来るのだ。しかも、何人も。

これが町の中なら、却って雑踏の中で素早く始末することもできようが、山の中とあってはむずかしい。

その後に姿を隠すことができない。人ごみに紛れるというわけにいかないのだ。

今の状況では、杉原珠実一人を、他の人間から切り離すことは容易でなさそうだ。

仕方ない。――一応、様子を見るが、ここで片付けることが無理だったら、東京へ帰ってからということになる。

確実に、そして発覚することのないように……。

そのためには、時間がかかってもやむを得ない。

ともかく今は……。

さすがに、英子の威光は大したものだった。

「みなさん！　くれぐれもお仕事の邪魔をしてはいけませんよ！」

大月加也子がくり返す。「いいですね、ちゃんと言うことを聞いて、ケータイの電源は切るんですよ！」

はーい、はいはい、分ってます、と口々に返事しながら、生徒たちはすでに玄関前に集まっている。

「――お待たせ」

と、栗崎英子が現れると、一斉に拍手が起きる。

英子も気分がいいのだろう、ニコニコしながら手を振ったりしている。

見ていた爽香は苦笑していた。

「――貫禄《かんろく》ですね」

と、そばにいたあやめが言った。

「あなたも行くの？」

「ええ。老人の付き添いで」

と、いたずらっぽく言って、少し離れて立っている堀口の方へ目をやる。

「堀口さんも？」

「あれで結構健脚なんですよ」

「そうでしょうけど……。気を付けてあげてね。私は子供たちについてなきゃいけないから」

「大丈夫です。私、しっかり監視していますから」

「よろしく」

と行きかけて、「――監視してるって、誰を？」

「もちろん、チーフです」

と、あやめは言った。


「やれやれ……」

と、伸びをして根津雄一は言った。「泊っちまったな」

ホテルで明かした一夜。もちろん、水谷弥生と一緒である。

「奥さんたち、まだ帰って来ないんでしょ」

と、弥生がベッドの中から言った。

「ああ。明日の予定だ」

「じゃ、ゆっくりしましょうよ」

「分ってるが……。色々用もあるからな」

根津はバスローブをはおって、ソファに腰をおろした。

「用って？」

「そりゃあ……色々さ」

「警察へ行く、とか？」

弥生の言葉にドキリとして、

「どうして俺が警察へ行くんだい？」

「奥さんの車に傷が付いてました、って知らせによ」

根津は愕然《がくぜん》とした。

「弥生……」

「あなた、話してくれたじゃない、あのひき逃げのこと。そしてゆうべ奥さんの車の所で困り果ててた。分るわよ」

「いや……。そうとは限らない」

「でも、怪しいと思ってるでしょ？」

根津も否定はできなかった。

「しかし……万一そうだとしたら、俺だって会社での立場が……」

「そうよね。だから手を打たなきゃ」

「手を打つったって……。車を下手に修理工場なんかに出したら、そっちから知れてしまうかもしれないし、素人《しろうと》が塗装をしようとしても、却って目立つことになるかもしれない。ともかく――このまま、警察が諦めてくれればいいと思ってるんだが……」

「そう簡単には諦めないわよ。人一人、死んでるのよ」

「うん……。まあ、それは分ってるが……」

根津は、弥生の表情を見て、「何か、いい考えでもあるのか?」

と訊いた。

「そうね。――ゆっくり相談しない? ベッドの中で」

と、弥生は微笑みかけた。

根津は弥生のそんな顔を初めて見た、と思った……。

8　裏技

「野々村様」

フロントの前を通りかかって、呼び止められた野々村は、一瞬聞こえなかったふりをして行ってしまおうかと思ったが、どうせ後でまた呼ばれることになる。

「——ああ、ごめん、気が付かなかった」

と、少し間を置いて、「呼んだかい？」

「申し訳ございません」

と、フロントの係の男は言った。「ご出立《しゅったつ》のご予定をお伺いしようと思いまして」

「ああ、ごめんね、はっきりしなくて」

「いえ、それは……」

「明日出ると思う。うん、ほぼ間違いないよ」

「かしこまりました。では明朝のご出立で」

「うん、そのつもりだ。まあ、何かよほどのことがない限りね。今夜には連絡が入ることになってるんだ」

「では、よろしくお願いします」

「すまないね」

野々村修はロビーで新聞を広げた。

畜生……。何とかしなくては。

新聞で顔が隠れると、愛想の良かった笑顔は消え、苦々《にがにが》しい表情に変った。

あと二、三日と言ったら、まず間違いなく、

「では、今日までのご精算をお願いいたします」

と言われただろう。

今の野々村にそんな金はない。

しかし、ここで宮原《みやはら》麻衣子と出会ったのは、一筋の光明《こうみよう》だった。いや、今は宮原でなく、「根津」というのだと聞いたが。

「ああ、君」

野々村は、通りかかった仲居を呼び止めると、「昨日ずいぶんにぎやかにしてた子供たちは？　どこかへ出かけたのかな？」

「はい。女優の栗崎英子様がお泊りでして。そのロケを見学するのだそうで」

「へえ。——じゃ、戻って来るんだね」

「はい。明日東京へお帰りでございますから」

「そうか……」

野々村は少し迷ったが、「君、すまないが、頼まれてくれないか」

「何でございましょう」

「子供たちに付き添って来てる母親で、根津麻衣子という人がいるんだが」

「はい、根津様ですね。分ります」

「そうか。じゃあ……」

野々村はテーブルの上にあったメモ用紙に、ボールペンで手早く書き込むと、「これを根津さんに渡してくれないか」

と、たたんで渡した。

「かしこまりました」

「なるべく、他の人の目につかないようにしてくれ。頼むよ」

「はい、分りました」

「君、名前は?」

「仲居の安田亜里と申します」

「安田君か。じゃ、お願いするよ」

野々村は念を押した。

本当なら、少しチップでも握らせるところだが、今の野々村には千円札一枚も惜しいのだ。

仲居の安田亜里が行ってしまうと、野々村は祈るような思いで、

「頼むぜ。ちゃんと渡してくれよ……」

と呟いた。

本当なら、野々村はたっぷり金を持った年上の未亡人とここで落ち合うはずだった。ところが、彼女は待てど暮らせどやって来ない。やっと連絡が取れたが、いきなり、

「この恥知らず！」

と怒鳴《どな》られてしまった。

要は、野々村がその未亡人の若い秘書に手を出していたことがばれてしまったのだ。自業自得ではあるが、こういう男の常で、後悔することはなく、ただ我が身の不運を嘆くだけだった。

問題は、すでにこの旅館の宿泊費が十万円単位になっているに違いないということで、何かうまい手はないかと悩んでいた。そこへ、麻衣子と出くわしたのである。

今は麻衣子だけが頼みの綱だ。それがだめなら——こっそり逃げ出すしかない。

しかし、野々村は生来楽天的な男だった。

「何とかなるさ……」

と、自分に言い聞かせて、ロビーのＴＶのサッカー中継に見入っていた……。

すると——。

「あら、まだいたの」

野々村は、そこに麻衣子が立っているのを見て、目を疑った。

「君……生徒の付き添いじゃなかったのか？」

「山道を上ってってたら、くたびれちゃって」

と、ソファにぐったり座ると、「貧血起しそうになっちゃったんで、先に戻って来たのよ」

「そうか。——そういや、君はよく貧血起してたな、昔も」

「運動不足よね」

と、麻衣子は苦笑して、「でも、子供たちには大勢大人がついてるから大丈夫。ちゃんと、杉原さんにも断って来たし」

「そうか」

「少し部屋で休むわ」

と、麻衣子はやっと立ち上って、「じゃ、また……」

「送って行くよ」

「大丈夫よ。自分の部屋までぐらい」

「いや、心配だ」

麻衣子もそれ以上は拒まなかった。

――部屋に入ると、麻衣子は伸びをして、

「布団、押入れから出してくれる?」

「ああ」

この時間、まだ布団を敷いてはくれていない。

野々村は布団を敷いて、

「こんなもんかな」

と言った。

「ありがとう。少し横になるわ」

と、麻衣子は言った。

野々村は、

「じゃあ……」

と、部屋を出ようとしたが、「――なあ」

「え?」

野々村は、突然畳の上にベタッと座ると、

「麻衣子! お願いだ!」

と、両手をついた。

「どうしたの？」

麻衣子は面食らって、「いきなり、何よ？」

「頼む！　金を貸してくれ！」

と、野々村は頭を下げた。

「え？　――どういうこと？」

「金がないんだ。あてにしてた金が入らなくて、この旅館の支払いができない。頼む！　この通りだ！」

「待って。ね、待ってよ。――いきなりそう言われても……」

野々村は隠さずに話した。金持の未亡人とここへ来るはずが、浮気がばれて、予定が狂った事情を。

こういうときは思い切り「情《なさけ》ない男」の本性を見せた方がいい。野々村は経験で知っていた。

むろん、麻衣子に、

「何て奴なの！」

と、ののしられ、叩き出される危険はある。

しかし、そこは賭けだった。

「全く、お話にならないよ。女房にはとっくに逃げられた。——どう思われても仕方ない。ただ、ここで警察に突き出されるのはいやだ！」

「警察……」

麻衣子は一瞬我が身のことを考えた。

この人を責める資格はない。そうよ。

「分ったわ」

と言った。「分ったから、そんなこと、やめてちょうだい。昔のあなたはそんなことしなかったわ」

「そりゃそうさ。僕は……変っちまったんだよ」

「誰だって変るわ」

と、麻衣子は言った。「大丈夫。心配しないで。少しは現金も持ってる。でも、いくらになるの？」

「さあ……。十万じゃきかないだろう」

「じゃあ、カードで払っとくわ。心配しないで。主人はいちいち、そんなことうるさく言う人じゃないから」

「すまん！」

「いいのよ。じゃあ……明日、発つの？　私たちも明日帰るけど、午後だから。朝の内に精算してもらって、私に言ってちょうだい。払っておくわ」

「ありがとう……。本当に助かるよ」

「ちょっと！　涙ぐんだりしないでよ」

と、麻衣子は笑って、「昔は私の方が泣き虫だったじゃないの」

「ああ……。そうだったな」

と、野々村は笑って、「昔は良かった……」

麻衣子は野々村に抱きしめられると、そのまま押し返そうともせずに、一緒に布団の上に重なって倒れた……。


部屋の中の話も洩《も》れ聞こえていたし、気配も手に取るように分った。

廊下で、仲居の安田亜里はちょっと笑って、

「あの手紙はもういらないみたいね……」

と呟いた。


「――はい、ＯＫ！」

監督の声が響いて、栗崎英子は、

「これだけ？　もうカットは必要ないの？」

と訊いた。

「ええ。アップでも拾いましたしね。——いいな？」

と、傍《そば》の録音スタッフへ確かめて、「はい、これで終りです」

見ていた生徒たちから、ワーッという歓声と拍手が起った。

「——ありがとうございました」

大月加也子が英子に礼を言った。

「いいえ。——スタッフは片付けがあるから、みんな、一緒に旅館に戻りましょうか」

と、英子が言った。

「みんな、下りの方が危いのよ」

と、爽香が言った。「足下《あしもと》に気を付けて。ゆっくり下りましょうね」

「杉原さん、先に立って下りて下さい。私は後ろについて行きます」

と、大月加也子が言った。

「分りました。じゃ、みんな、ちゃんと列を作って。——私について来てね」

と、爽香が言うと、

「お母さん、大丈夫？」

と、珠実が言った。

「大丈夫よ。ちっとも疲れてないわ」

「でも、お母さん、足短いから」

「何よ！」

子供たちが笑った。

爽香は苦笑して、

「さあ、行くわよ！」

と、声を上げた。

9　帰　路

「お世話になりました」

と、大月加也子が旅館の人に頭を下げてから、「栗崎様にも、すっかり……」

「いいえ、私も楽しかったわ」

と、栗崎英子は笑顔で、「何しろにぎやかなのが好きなの、私」

「じゃ、栗崎様、また……」

爽香がそう言って、「今日東京へお戻りですか？」

「もう一泊しようかと思ってるの。のんびり山の空気を吸って」

すかさず、マネージャーの山本しのぶが、

「明日、ＴＶの収録ですよ！　今夜中に戻らないと」

「そうだった？　何しろ、この鬼のようなマネージャーにこき使われてるから」

長年の付合の山本しのぶは苦笑するだけだった。忙しい方が元気で性《しよう》に合っている英子のことを、誰よりもよく知っている。

「それじゃ、バスの方へ」

と、爽香が大月加也子と一緒に旅館を出ようとすると、

「あ、お客様」

と、小走りに廊下をやって来たのは、英子の世話をした仲居の安田亜里だった。「生徒さんのお部屋の出口の所にこれが」

手にしていたのは、ウエストポーチだった。

「まあ、すみません。誰のだろ」

大月加也子が受け取って、「バスの中で訊いてみます。ありがとう」

「いいえ。ぜひまたおいで下さい」

と、安田亜里が見送りに出て来る。

爽香と大月加也子がバスに乗り込むと、

「——大丈夫ね」

と、加也子がザッと見渡して、「じゃ、出発して下さい」

バスが動き出し、生徒たちは玄関先で見送っている英子に手を振った。

ああ……。ともかく、後は帰るだけ。

爽香は座席に座ると、つい大きく息をついた。

仕事の疲れとは全く違うが、ある意味、倍も疲れている。

子供たちは元気一杯だ。──珠実も同学年の子と楽しげにおしゃべりしていた。

「──これ、何色っていうのかしら？」

と、大月加也子がウエストポーチを手にして言った。

「そうですね……。ただの赤じゃないし……。牡丹色《ぼたんいろ》とでも？」

「牡丹色か。そうですね。よくそんな色をご存知ね」

「当てずっぽうですよ」

と、爽香は言った。

「これ、忘れた人は？」

と、大月加也子が訊いたが、誰も手を上げない。「──変ね」

「親ごさんの方が憶《おぼ》えてらっしゃるかもしれませんよ」

「そうですね。ともかく預っておきましょう」

先生も大変だ。──じきに加也子は眠ってしまった……。


「じゃ、トイレに行く人は行って」

途中、サービスエリアに寄って、一旦みんなバスを降りた。

「十五分したら出るわよ！」

と、加也子が言った。

爽香は、バスから降りると、伸びをした。

売店や簡単な食堂もある。平日なのに、結構人が入っていた。

「──何かあるかしら」

根津麻衣子は、売店でお土産《みやげ》を眺めていた。もちろん、こんな所で買って帰っても、夫は喜ばないだろう。

麻衣子は棚を眺めてぶらついていた。

急に目の前に野々村が現われて、麻衣子はびっくりして声を上げそうになった。

「──まあ、どうして？」

と、あわてて周囲を見回す。

「高速バスさ。休憩中だ」

と、野々村は言った。「ありがとう。助かったよ」

麻衣子が野々村の宿泊費を払ったのだ。

「いいわよ、そんな……」

麻衣子は周囲を気にして、「子供たちもいるのよ」

「なあ、また会ってくれ。いいだろ？」

「そんな話──」

「連絡するからさ。──楽しかったよ」

麻衣子は頬を染めた。旅先の気楽さだろうか、つい野々村と寝てしまった。しかし、このまま続けるのは……。

「ねえ、私には家庭があるの。あなたと会う時間は作れないわ」

と、麻衣子は言った。「子供だって、まだ十歳よ。学校の用も多いし」

「だけど、勤めてるわけじゃないんだろ？　だったら昼間は出られるじゃないか」

「それより、あなたはどうするの？　仕事もしないで、女の人にずっと養ってもらうつもり？」

と訊いてから、あわてて、「こんな話してちゃいられないんだわ。ね、一度で終りにしときましょうよ」

「しかしね、せっかく――」

と話していると、生徒が二、三人店の中へ入って来た。

「もう行くわ」

と、麻衣子は急いで言った。

「じゃ、また会おう」

と、野々村はニヤリと笑った。

麻衣子は目についたお菓子の箱を手に取ると、レジへと持って行った。

「これ、ちょうだい」

何てことだろう！　あんな男と、旅先とはいえ、つい……。

しかし、麻衣子は何となくまた自分が野々村と会うだろうという気がしていた。

もちろん、夫に知られてはならない。ただ、野々村が両手をついて、旅館代を払ってくれと頼んで来たとき、どこかホッとするような心安さを覚えたのである。

そう。――あんな男、その気になれば、いつでも別れられる。

麻衣子は、野々村との付合は自分しだいだと思っていた……。

「――お土産ですか」

杉原爽香と、店の前で出会った。

「こんな物、どうして買ったのかしら」

と、麻衣子が笑って、「包み紙が可愛かったせいね、きっと」

麻衣子のケータイが鳴り出した。

急いで出ると、

「忘れるなよ。あのひとときを」

野々村だった。麻衣子はハッとして振り向いた。野々村が全く別の方を向いて、ケータイをポケットへ入れながら出口へと歩いて行くところだった。

「どうかしました？」

と、爽香が訊いた。

「あ、いえ、何でもないんです」

あわてたら、却って妙に思われる、と分っていながら、麻衣子はケータイをバッグへ入れようとして落としてしまった。爽香が素早く拾い上げ、手渡す。

「すみません！　壊れなかったかしら……」

確かめもせず、バッグへしまうと、「そろそろバスへ戻った方がいいですね。ちょっとトイレに寄って……」

「じゃあ、そのお土産、私が持っていますわ。バスに置いときますから」

「でも、悪いわ、そんな……」

「いいですよ、それぐらい」

「じゃあ、お願いします」

麻衣子はお土産の袋を爽香へ渡して、トイレの方へと急いだ。

爽香は、ちょっと気になっていた。今、根津麻衣子へ電話したのが、先にここを出て行った男だということは分っていた。

実は、今朝、爽香は旅館のフロントで、会計している麻衣子とあの男を見かけていたのだ。男の宿泊費を、麻衣子が代ってカードで払っていた。

旅館の方は、別に損するわけではないから気にもしていないようだったが、爽香は、支払いを済ませた後、男が麻衣子になれなれしく、

「きっと返すから。本当だぜ」

と、彼女の肩に手をかけたりしているのを見ていた。

麻衣子の方も、それをいやがる風でもなく、

「あなたもちゃんとしないと……」

などと言っていた。

どうやら昔の知り合いで、あの旅館でバッタリ出会った、というところだろう。しかし、旅館代も払えずに、なぜあの男は泊っていたのだろう?

爽香は、色々な事件に係って、様々な男たちを見て来た。あの男は、どうもまともに働くことより、誰かにうまく取り入る方が巧みのように思えた。

「まあ……私には関係ないわ」

と、爽香は呟いた。

他人のプライバシーに立ち入るのはやめた方がいい。ろくなことにはならない。

さて……。爽香は、珠実が友達とバスの方へ戻って行くのを目にして、自分も足をそっちへと向けた。

「だめだめ!」

と、瞳は歌を止めて、「息つぎの場所をちゃんと守らないと。しっかりお腹で息を吸

って。何度も言ってるでしょ」

瞳は一年生たちを見渡して、

「じゃ、もう一度、初めから」

と、両手で指揮を執った。「――そう！　その調子！」

音楽室に、合唱が響いた。

杉原瞳は、高校二年生になった。合唱部で、新入の一年生部員を指導する立場である。

「――はい、じゃ今日はここまで」

と、瞳は笑顔になって、「凄く良くなったわよ！　これで、次の練習からちゃんと歌えるようになるわね」

一年生の六人がホッとしたように微笑む。

「――ありがとうございました！」

「先輩、お先に失礼します！」

と、帰って行く一年生に、

「はい、お疲れさま」

と、返事をする。

教える相手ができる。それが、どんなに人を変えるか。

二年生になって、瞳は自分でもはっきり分るほど大人になった。叔母の爽香からも、

「瞳ちゃん、ずいぶんしっかりして来たわね」

と言われて嬉しかった。

特に、瞳は声の良さと巧《うま》さで、合唱部の中でもみんなから頼りにされていた。その自信も大きかったのかもしれない。

音楽室に一人残って、譜面の片付けをしていると、ふと一年生のときの出来事を思い出す。ついこの間のことなのに、まるでずっと遠い昔のようだ。

三年生の邦山《くにやま》みちるに恋焦がれていた日々。瞳に言い寄っていた水沼《みずぬま》が、みちると関係を持ったと知って、怒りのあまり水沼を刺そうとまで思い詰めた。

それを止めてくれたのは爽香の夫の杉原明男だった。もしあのとき、本当に水沼を刺していたら、と思うとゾッとする。

あの怒りの爆発で、瞳は危険な精神状態を乗り越えることができた。

今も、邦山みちるを好きなことに変りはない。瞳が男の子に興味がなく、女性だけにひかれる、ということは今後も変らないだろう。

でも、現実に、邦山みちるは大学へ入り、瞳もほとんど会う機会が失《な》くなっていた。

そして、この前の合唱大会に、みちるは大学で見付けたボーイフレンドとやって来た。

およそ当世風の二枚目じゃなくて、どっちかというと「おじさん」くさい小太りな男だったが、笑顔がとてもやさしかった。

瞳は、みちるに彼氏を紹介されたとき、ほんの少しだけ、胸がチクリと痛んだが、それだけだった。みちるへの熱病のような恋はさめて、瞳は今冷静に自分を眺めることができるようになっていた。

バッグを手に、音楽室を出ると、ケータイが鳴り出した。

「――はい、もしもし?」

祖母の真江からだった。

「瞳ちゃん、今どこ?」

「学校を出るところ。どうしたの?」

真江の声が上ずっている。

「あのね、充夫が様子おかしくて」

「お父さんが?」

「救急車を呼んだの。真直《まつす》ぐ帰れる?」

「分った。急いで帰る。爽香おばちゃんは?」

「それが、珠実ちゃんの学校の行事で、どこかの山に行ってるの」

「あ、そうだったね。私、連絡してみるから。救急車が来たら――」

「ともかく、私が一緒について行くわ」

「大丈夫?」

「涼ちゃんも遅いでしょ、きっと」

——瞳は、小走りに学校を出た。

ちょうどバスが来ていて、駆け込むように乗った。ケータイで、爽香へかける。

「——あ、爽香おばちゃん？　今、おばあちゃんから電話で……」

瞳の話を聞いて、少し間があってから、爽香が、

「分ったわ」

と言った。「ただ、今東京へ戻るバスの中なの。付き添いだから、全員解散するまでは付いていないと」

「うん、知ってる。大丈夫よ。私も病院に行くから」

「綾香ちゃんは仕事の様子で、抜けられるかどうか分らないでしょうね。でも、綾香ちゃんと涼ちゃんにはメールで知らせておいて」

「分った」

「私もできるだけ早く行くから。ずっとかかってる病院に運んでくれると思うけど、もし別の病院だったら教えてね」

「うん、ちゃんとやるから」

「お願いね」

瞳は、綾香と涼にメールを送った。すぐに涼からかかって来た。

姉と兄に連絡を取る内、瞳も今、大変なことが起ろうとしているという思いがふくらんで来た。

お父さんが……。お父さんが危い……。

10　影の声

「ご苦労さまでした」

と、大月加也子が言った。

「お世話になりまして」

根津麻衣子は、詩織と一緒に、大月加也子へ挨拶して、「何もなくて良かったですね」

「本当。ホッとしますわ、解散すると」

バスを降りた子たちは、迎えに来た母親や父親たちと帰って行った。

「杉原さんは、何だかお兄様が入院されたとかで、急いで帰られましたけど」

と、加也子は言った。

「そうですか。すぐいなくなったんで、珍しいなと思ったんですけど」

「そうだわ、これ……」

と、加也子が、あのウエストポーチを手にして、「どうしましょうね、これ？」

結局、誰のものか分らずじまいだったのである。

「中を見ても分らなかったんですか？」

「ええ。ティッシュとかマスクとか、そんな物しか入っていなくて。――困りましたね」

「じゃ、学校で一旦預かっていただくのが……」

「そうですねえ。でも……」

加也子は口ごもった。預かれば、どこかへ行ってしまいそうで心配なのだろう。

「よかったら私、預かりますよ」

と、麻衣子が言うと、加也子はホッとした様子で、

「そうですか？　じゃ、すみませんけど」

と、さっさと渡して、「ではこれで。詩織ちゃん、さよなら」

と、足早に行ってしまった。

詩織がふしぎそうに、

「先生、どうしてあんなに急いでるの？」

と、麻衣子に訊いた。

大月加也子の気持が分る麻衣子はちょっと笑って、

「何かお家《うち》でご用があるんでしょ。さあ、帰りましょう」

と、詩織の手を取った。

すると、詩織が、

「ママの車」

と言った。

「え？」

びっくりして足を止める。

旅行に出るとき、詩織が「車の傷」のことを言い出してドキリとしたことを思い出した。

「詩織、どうして――」

と言いかけた麻衣子は、本当に、自分の車がやって来るのを見て、言葉を切った。

車は二人のすぐ近くへ寄せて停ると、

「お帰り」

と、根津が顔を出した。

「パパ！　迎えに来てくれたの」

と、詩織が嬉しそうに言った。

「ああ、間に合って良かった」

「あなた……。びっくりしたわ」

と、麻衣子は言った。

「ちょうどいいタイミングだったろ」

と、根津は言った。

車を出すと、

「せっかく出て来たんだ、晩飯を食べて帰ろう」

と、根津は言った。

「——あなた」

と、麻衣子は言った。「どうして私の車で?」

「ああ、ちょうどガソリンを入れなきゃいけないんだ、あっちの車は」

と、根津は言った。「久しぶりに運転するよ、この車」

「そうね……」

「どこで食べようか」

と、根津が言うと、

「私、ステーキがいい!」

と、詩織がすかさず声を上げた。


「お母さん」

と、爽香が声をかけると、母、真江がホッとしたように、

「早かったわね。いいの、バスの方は?」

と訊いた。

「ええ、ちゃんと解散まではいたわ」

と、爽香は言って、「どう、お兄さん?」

病院の廊下である。

「さっきから診察室に入ったきりだよ」

と、真江は言った。「急に意識が失くなってね」

「大変だったね。戻っていいよ。私が来たから、もう……」

「あ、おばちゃん」

瞳が廊下をやって来る。

「瞳ちゃん、悪かったわね、任せちゃって」

「ううん。だって私のお父さんのことだもの」

と、瞳が言った。「今、お兄ちゃん、こっちに向ってるって。あと五分くらいで着くって言って来た」

「そう」

「お姉ちゃんは連絡来ないけど。電話してみる?」

「綾香ちゃんは、今日高須先生のシンポジウムのスタッフをやってるわ」

と、真江が言った。「この間から、忙しそうで大変だった」

「お母さん、〈シンポジウム〉なんて言葉、よく知ってるね」

と、爽香が言うと、

「あの子が家でもケータイで、しょっちゅう言ってたからね。『シンポジウムがどうした』とか『シンポジウムの件で』とか。いい加減憶えちゃうわ」

「じゃ、抜けられないでしょう。もちろん、できるだけ急いで来るわよ」

　そこへ、

「瞳！」

と、声がして、涼がやって来た。「あ、おばちゃんも来てたの」

涼の少し後から、岩元なごみがついて来ていた。

「なごみちゃん。わざわざありがとう」

と、爽香はなごみの肩を軽く叩いた。

「いいえ。——どうですか？」

「まだ分らないの。お医者様から説明を聞いたら、交替で帰るようにしましょう。たぶん、すぐどうということはないと思うけど……」

自分でも思いがけなく、そう言いかけて、爽香は一瞬声を詰まらせそうになった。

どうということはない。——それは「今すぐは死なないだろう」ということだ。

でも、それは分らない。医師からは「次の発作が起れば危い」と言われている。しかも、兄、充夫は自分の体に気を付ける努力もしなかった。

誰を責めることもできない。でも、爽香としては、「自分のせい」と、兄を突き放すこともできなかった。

充夫は妻を亡くしてから、自分の気持を持って行く場を失ったようだった。あんなにお互い傷つけ合っていたような夫婦だったが、三人の子たちの親だったのだ。

「おばちゃん」

と、瞳が言った。

爽香は振り向いて、医師が出て来るのを見た。

「——先生、どうもご面倒をおかけして」

と、真江が言った。

「いや、どうも……」

医師はずっと充夫を診《み》てくれていた人である。「もっと節制していれば、こう悪くならなかったでしょうが……」

その疲れた口調に、誰もが絶望的な状況を読み取った。爽香は深く呼吸して背筋を伸すと、

「どれくらいもちそうでしょうか」

と訊いた。

「そうですね。たぶん……朝までもてば、と思いますが」

一瞬、みんな沈黙した。——そうなのか。

「手は尽くしました」

と、医師は言った。

「よく存じております」

真江が肯いて、「お手数をおかけして……」

「いや、医者のつとめですから。今夜は当直で、ずっとおります」

「ありがとうございます」

と、真江は頭を下げた。

「先生」

と、爽香は言った。「そばにいても……」

「もちろんです。ごくたまに、フッと意識が戻るようですから」

「分りました」

医師が行ってしまうと、爽香は、

「お母さん、どうする?」

と訊いた。

「親よりも先に逝《い》く親不孝な息子だもの。最期《さいご》をちゃんと見届けないと」

真江の表情には、穏やかな落ちつきがあった。

「みんないるよ。そうだろ？」

と、涼が言った。

瞳が涙をためた目で、唇をかんで肯いた。

「なごみちゃん、あなた――」

「私もいます」

と、なごみは涼の手を握って、「涼君は私がついてないと」

「おい……」

微笑みが漏れる。

「分ったわ。でも、みんな夕飯まだでしょ？　ここの食堂で、交替で食べて来ましょう。瞳ちゃん、おばあちゃんと行って」

「うん、分った」

長い夜になるかもしれない、と爽香は思った……。


「お肉、おいしい」

と、詩織はせっせとステーキにナイフを入れていた。

「良かったな。しかし、そんなに食べて大丈夫か？」

と、根津が言った。

「おいしいものは、ちゃんと入るのよね」

と、麻衣子は微笑んだ。

一流レストランというわけではないが、少しカジュアルなだけで、料理はしっかりしている。

年に何度か、家族で来る店だった。

三人がメインの料理を食べ終えて、デザートのメニューを見ているとき、

「根津様」

と、店のオーナーがテーブルへやって来た。「駐車場の小型車が根津様のお車ですか？」

「うん、そうだよ」

「実は、さっき出られたお客様からお電話がありまして、どうも車を出すときに、隣の車をこすってしまったらしいと……」

「うちの車を？」

「どうもそのようです。確かめていただけますか」

「ちょっと見て来よう」

「私も行くわ」

と、麻衣子も席を立った。

店の表に三台分の駐車スペースがあって、根津たちの車は真中《まんなか》に置いてあった。

「――やあ、こりゃやられたな」

と、根津は小型車のボディを見て、「この傷は目立つな」

「そうね」

と、麻衣子は肯いた。

何てことだろう！　車体には新しい傷もついていたが、それがあの傷を隠してくれているのだ。

「お電話いただいたお客様に連絡いたしましょうか」

と、オーナーが言った。

「そんなこと……。却って面倒だわ。ねえ、あなた」

「そうだな」

「これくらいなら、塗装で目立たなくできるでしょ。それでいいじゃないの」

「まあ、どこか壊れてるわけじゃないしな。いいよ、知らせなくて」

「さようでございますか」

オーナーもホッとしている様子だ。

席へ戻ると、麻衣子は上機嫌で、

「デザート、いただこう、私」

と、メニューを手に取った。

11　夜の沈黙

時間はゆっくりと過ぎて行った。

何かするにも、病院の中である。そして、もう真夜中になっていた。

綾香は十二時を少し回ってからやって来た。

「これでも急いだんだけど……」

と、少し後悔している口調で言った。

「いいのよ。ちゃんと仕事はできたの？　シンポジウムとかいう……」

真江の言葉に、綾香はちょっと微笑んだ。

「うん。後の片付けが手間取って。高須先生は、打上げに行っちゃったから」

「お疲れさま」

爽香が肩を抱くと、

「おばちゃん。――どうなの、お父さん？」

「見てらっしゃい。時々目を覚ますけど、無理に起さない方が」

「そう……。分った」

綾香は重そうなバッグを肩から下ろすと、弟の涼に預けて、病室へ入って行った。

爽香たちは交替で充夫のそばに一人が付き、他の者は廊下の奥の休憩所で休んでいた。

夜中、時々トイレに行く患者が、廊下をゆっくりと歩いていた。点滴のスタンドを引張っている人もいる。

休憩所にいる爽香たちをチラッと見て行くが、何も言わない。事情は分っているのだ。

今、充夫のベッドのそばには瞳が付いていた。もう十七歳だ。子供扱いしては、当人が可哀《かわい》そうだろう。

綾香がすぐに出て来た。

「すっかり人の好《よ》さそうな顔になっちゃって」

と、ハンカチでちょっと目を拭うと、「あんなに憎らしかったのに……」

「目を覚ました？」

「いいえ。――ね、私、お昼から何も食べてないの。表のカレー屋さん、24時間だよね。食べて来ていい？」

「もちろん、いいわよ。戻ったら瞳と代るわ」

と、爽香は言った。

「じゃ、お願い」

綾香が足早に行ってしまうと、爽香は病室を覗《のぞ》きに行った。

「――どう？」

と、ベッドの傍に座っている瞳へ、声をかける。

「うん、時々唸《うな》ってるだけ。目は覚まさないみたい」

瞳は、ほの暗い照明に浮かび上る父親の顔を眺めて、「何だか、知らない人を見てるみたい」

と言った。

「綾香ちゃんは何か言ってた？」

「何も言わないけど、ただ泣いてた」

「そう……」

父、充夫のために、一番苦労したのは綾香だ。愛憎入り混って、その思いは複雑だろう。

「ちょっとトイレに行ってくる」

と、瞳が言った。

「いいわよ。私がいる」

爽香は瞳の代りに椅子にかけた。――心臓の鼓動を示すオシロスコープの単調なリズム。

ふしぎと気持は落ちついている。現実だと思えないせいだろうか。

五十四歳の充夫は、見たところ七十近いかと思えた。髪は白く、薄くなり、肌は乾いている。

腕時計を見ると、一時半を少し過ぎていた。兄の顔に目を戻すと——目が合った。

「——お兄さん」

「爽香か……」

「分る？　お母さん、呼んで来る」

と立ち上りかけると、

「いいよ」

と、充夫は言った。「お前に……謝っとかないとな……」

「何よ、急にそんなこと……」

「後を頼む。——何もかもお前に頼って、悪いけどな」

これは現実なのか？　爽香は自分が夢を見ているのではないかと思った。

「そんなこと言ってないで、頑張ってよ」

爽香は充夫の手を握った。握り返してくる力はなかった。

「もういいんだ……。お前がいてくれれば安心だ……」

息を吐いて、充夫はまた眠ったようだった。

午前二時過ぎだった。

医師が駆けつけて来て、爽香たちみんなが呼ばれた。

「充夫」

「お父さん！」

呼びかけると、うっすら目を開け、微笑むが、すぐに目を閉じる。――二度三度、そんなことがくり返されて、その時が来た。

医師が腕時計を見て、

「ご臨終です。二時二十一分でした」

と、静かに言った。

綾香と瞳が、父親にすがるようにして泣き出した。

爽香は一人、病室を出ると、壁にもたれ、ハンカチに顔を埋《うず》めて泣いた。――十歳違いの、年齢の離れた兄妹である。

小さいころの爽香がまとわりつくのを、もう大きくなっていた充夫はうるさがって、相手にしてくれなかった。それでも、たまに自転車の後ろに乗せて走ってくれたり、公園のブランコを押してくれたりした。

今、そんなことを突然思い出して、爽香はちょっと首を振った。

病室へ戻ると、瞳は涼の胸に顔を埋めて泣いていた。

真江は穏やかに、

「爽香――」

「うん、今、明男に電話する」

「朝、早いんだろ。無理しなくていいよ」

「そうね。でも、やっぱり……」

ケータイでかけると、明男も様子は知らされていたので、すぐに出た。

「――分った。すぐそっちへ行く」

「うん」

爽香は母へ、「――後のことは、明男と私で」

「よろしくね」

爽香は、穏やかに眠っているような充夫の顔へ手をやって、そっと頬をなでて、

「お疲れさま……」

と呟いた。


明男が病院へやって来て、充夫の遺体は霊安室へ移された。

「まだ五十……」

「四歳。もう少しで五十五だった」

と、爽香は言った。

「そうか。早かったな」

と、明男は言った。

「明男さん、悪いわね。夜中なのに」

と、真江が言った。

「そんなこと……。お義母《かあ》さん、お疲れでしょう。帰ってお休みになった方が」

「ええ。でも、もう少し充夫のそばにいたいの」

「分りました」

霊安室はひんやりとしていた。

「葬儀社との話は僕が」

と、明男は言った。「則子《のりこ》さんのときと同じ形でいいな」

「ええ、いいと思うわ」

明男が出て行くと、爽香は母と二人、充夫のそばに座った。

「――爽香」

「なあに？」

「あの人……畑山《はたやま》ゆき子《こ》さんに知らせてあげた方が」

「あ、そうか。うっかりしてた」

兄、充夫の恋人だった畑山ゆき子。充夫の子を産んで、一人で育てている。充夫が倒れたときは、リハビリ中の病院へ時々やって来て、力づけてくれた。

爽香は、母がそこまで考えていたことに驚いた。

「こんな時間だから。朝になったら連絡してみる」

「そうね。女の子……何ていったかしら」

「泉《いずみ》ちゃん。もういくつだろう？　十歳ってことないわね。中学生ぐらいになってるかも」

「充夫の子だからね。私の孫ってわけだわ」

「そうだね」

「うちじゃ何もしてあげられないけど、どうしてるのかしら」

「忙しくて、さっぱり連絡してなかった。――でも、お兄さんの子にしちゃ、綾香たちはしっかり育ったわ」

「本当だね」

と、真江は微笑んで、「涼ちゃんも、あのなごみちゃんって子がついてれば大丈夫そうね」

大分落ちついた瞳を連れて、綾香たちは家に帰っていた。少し寝ないと、これから疲れることが続く。

「ありがたいわ、なごみちゃんがいてくれて」

「お前は仕事、大丈夫なの？」

「九時になったら、社長に電話する。緊急の用はないと思うよ」

と、爽香は言って、口には出さないが、悲しみの一方で、ホッとしている自分もいた。

充夫の入院が、この先何年も長引けば、経済的に負担し切れなくなるかもしれなかった。涼や瞳が働いて稼ぐようになっても、それは真江と姉弟三人の暮しを支えるのでやっとだろう。

爽香だって、珠実一人を育てるのに手一杯だ。明男の給料だけでは、とてもやっていけない。もう一人子供がいた方が、と思わないでもないが、今の状態では……。

日々の暮しは、休むことがないのだ。


朝になって、爽香は母を実家へ送り、珠実を預かってくれていたご近所の仲のいい奥さんの家へ寄った。

まだ眠そうな珠実を、ともかく仕度させて学校へ送り出した。

明男から電話が入り、

「明日の夜、お通夜で、明後日告別式だ。それでいいな」

「うん、分った。あの斎場ね？　ご苦労さま」

爽香は、時間を見て、畑山ゆき子のケータイにかけた。番号が変っていないといいのだが……。

「——爽香さん、お久しぶりです」

少しも変らない、しっかりした話しぶりに安堵《あんど》した。

「ゆき子さん、実は兄がゆうべ亡くなりました」

できるだけアッサリと言った。「ご連絡が遅れてごめんなさい」

少し間があって、

「——そうですか」

穏やかな声で、「知らせていただいて、ありがとう」

「いえ……」

通夜と告別式の予定を伝えて、「泉ちゃんはお元気ですか?」

「ええ。今、中学二年生です」

「もう! 早いですね」

月並みな言い方しかできない。

そういえば、河村と早川志乃の娘、あかねも確か十四歳だ。

お通夜に行きます、というゆき子の言葉に礼を言って、爽香は急に疲れが出たのか、猛烈に眠くなった。

久保坂あやめに電話して、社長に伝えてくれと頼むと、爽香は服のままベッドに潜り込んで、アッという間に眠ってしまった。


目が覚めると、もう夕方になっていて、爽香はびっくりした。

じきに珠実も学校から帰って来た。

爽香がシャワーを浴びて、着替えて出て来ると、明男が帰っていた。

「手続きはすんだ」

「ありがとう。——お母さん、疲れが出ないといいんだけど」

と言って、爽香が大欠伸《おおあくび》すると、

「お前の方が疲れてるんじゃないのか」

と、明男が苦笑した。

三人で近くのファミレスに行って夕食をとった。

いつもならにぎやかなテーブルが、今夜はどこか静かになっていた。珠実はいつに変らず——特に外食すると好きなものを選べるので——せっせと食べることに専念していたが、明男と爽香は黙りがちだった。

爽香は、食事しながら、時折ふと表のくらい夜の風景に目をやって、いなくなった人のことを考えていた。

「――爽香。大丈夫か」

と、明男に言われて、

「うん。大丈夫。――つい、あれこれ考えちゃう」

「それはそうだよな」

「本人も病気に耐えるのが辛《つら》かったでしょ。これで楽になったんだと思えば……」

と、爽香は言いかけて、落ちそうになる涙を指先で拭った。「わがままな奴《やつ》だった」

「そうだな。お前もずいぶん苦労させられたしな」

「でも……ふしぎだね。いなくなっちゃうと、そういう悪いことは忘れちゃう。それが兄妹ってものかな。先のことは心配だけど」

「涼ちゃんが仕事に就けば、少しは生活も安定するだろ」

「そうね。でも、今は勤めるだけでも容易じゃないし……。綾香ちゃんも二十九だよ。いつか結婚するだろうし……」

「仕方ない。そうして人生は回ってくのさ」

「そうだね。――珠実ちゃんが結婚するとか言い出して、目を回す日が、いつの間にか来ちゃうかも」

と、爽香は笑った。

すると、珠実が食べる手を止めて、爽香を見た。そして、

「私、結婚するならお母さんがいい」

と言うと、また食べ始めた。

明男と爽香はちょっと呆気《あつけ》に取られて、それから一緒に笑い出した……。

12　運の隙間

今日は何とかしなくては……。

根津麻衣子は、自分にそう言い聞かせた。

昼過ぎのオフィス街は、せかせかと歩くサラリーマン、ＯＬ以外には、あまり人がいない。遅い昼食をとっている者もいるが、そうのんびり食べてはいられない様子で、麻衣子が一人でケーキを食べていても、誰も目を向けない。

ケータイにメールが着信した。――見るまでもない。

〈麻衣子、少し遅れるけど、待っててくれ。今日も会えて嬉しいよ！〉

野々村修からのメールである。

あの「キャンプ」のときの旅館で再会してから、ひと月近くたつ。野々村は、あの翌週には早速連絡して来た。

麻衣子は、もう会わないつもりだった。

しかし、野々村は何となく拒みにくい男なのである。麻衣子の性格をよく呑み込んでいるというのか、会えば、野々村のペースにはめられてしまう。

「今日を最後に」

と言えば、

「じゃ、最後に思い出に残るひとときを」

などと言って、結局麻衣子は野々村に抱かれているのだった。

「いい加減にしないと……」

と、自分へ言い聞かせるように呟いた。

会って、ホテルへ行ったり食事をしたり、すべて麻衣子が支払っている。いくら夫が呑気でも、そうそう使い道の分らない金を見逃しはしないだろう。

それだけではない。

野々村が「もっと大きな額」の金の話をし始めるのではないかと不安だった。

単に麻衣子と遊びの恋をするだけなら、大したことはないが、野々村の話の端々に、

「今、ちょっと考えてることがあるんだ」

とか、

「いや、なかなか世の中、絶対儲《もう》かるなんて話はないよな」

などと、唐突な言葉が出てくる。

露骨に「金を貸してくれ」と言えば、麻衣子が逃げてしまうと分っているのだろう。

タイミングを見て、そんな話を切り出そうとしている気配を感じるのだ。

それが分っているのだから、やめておけばいいようなものだが、それでも野々村と会っていると、奇妙な心地良さがあるのだ。

それは、「私の方が、人生、うまく行っている」という優越感でもあり、「大人の付合ができる私」を感じて満足していることでもあった……。

ケータイが鳴った。

「――お待たせしたね！　表で待ってる」

と、野々村は言った。

「何よ……」

もったいぶって！

麻衣子は支払いをして店を出た。

目の前に、真赤《まっか》なスポーツカーが停っていて、それにもたれて得意げに立っているのは野々村だった。

「まあ……」

「どうだい？　最新タイプだぜ」

と、ニヤニヤしながら、ボディを叩く。

「宝くじでも当ったの？」

「俺のじゃないよ、もちろん」

と、笑って、「友達が貸してくれてるんだ。半年ほどアメリカに行くっていうんで、ずっと動かさずにいたら車によくないからって、俺に使ってくれと言って来たんだ」

「乗って事故を起してくれとは言われてないでしょ？」

と、麻衣子は言ってやった。「どこへ行くの？」

「山の中の湖へでも、どうだい？　湖畔のホテルに一泊とかさ」

「ちょっと！　冗談でしょ、そんなことできっこないわ」

「分ってるよ。言ってみただけさ。でも、せっかくこの車に乗るんだ。近くのレストランまでじゃもったいないだろ。少し遠出したって、そう遅くはならないよ」

調子のいい野々村の言葉に、つい麻衣子も、

「本当に夕方には戻んなきゃいけないのよ……」

と言いながら、助手席に体を沈める。

そして――帰って来たときは、もうすっかり暗くなっていた。

途中で、〈友達とつい話し込んで遅くなったの〉とメールも夫に送ったが、

「だから言ったじゃないの」

都心へ入る辺りで車の渋滞に引っかかっていた。

「なに、あと少し行きゃ流れるよ」

と、野々村は呑気なものだ。

「どこか、地下鉄の駅に出て降ろしてちょうだい。ずっと家の方まで乗っちゃいられないわ」

と、麻衣子は言った。

それでも三十分近くかかり、車は地下鉄の駅の入口へと寄せて停った。

「なあ、次はいつ——」

「それどころじゃないわ！」

急いで車を降りると、ドアを叩きつけるように閉めて、地下鉄の駅へと階段を駆け下りる。

やっと家に辿《たど》り着いたのは、もう八時を過ぎていた。

夫はまだ帰っていなかったが、詩織が一人、お腹を空かしてむくれていた。

「何か食べに行きましょ」

と、着替えもせずに子供の手を引いて、家を出ると、詩織のお気に入りのピザの店に入った。

ああ……。もうこりごり！

ケータイに、野々村からメールが二度入っていたが、読みもせずに消去してしまった。

「すっかりつけ上って……。甘い顔しちゃいけないんだわ」

と呟くと、詩織が、

「甘いもの、食べちゃいけないの?」

と訊いた……。

ピザをほぼ平らげ、ホッとひと息つく。

「トイレに行ってくる」

と、詩織が店の奥へと入って行った。

麻衣子が少しのんびりと冷めたピザをつまんでいると——。

ヒョイと向いの席に座った若い女性。

「——どなた?」

と、麻衣子が訊く。

「水谷弥生といいます。ご主人の下で働いています」

「はあ……」

「奥さんのことはよく存じ上げてます」

と、水谷弥生は言った。

「そうですか……」

どうしてこんな所に? わけが分らずにいると、弥生はバッグを開け、

「お嬢さんが戻らない内に」

と、数枚の写真をテーブルに置いた。

目を疑った。――ホテルから出て来る麻衣子と野々村だ。

「あなた……」

「奥さんとは、これで対等です」

「対等？」

すぐには意味が分らなかったが、「――まさか、主人と？」

「ええ、以前から」

と、弥生は明るく言って、「また改めてお話ししましょうね」

「待ってよ。いきなりそんな――」

「ご主人は知りません。もちろん、私とのことも、ご主人に問い詰めたりしないで下さいね」

「そんな……。対等だなんて、勝手なことを。私には子供もいるし……」

「それだけじゃありません。奥さんが刑務所に行くことになるかどうか、私次第ですよ」

「何ですって？」

「ひき逃げは罪が重いですよ、奥さん」

麻衣子はサッと青ざめた。弥生はちょっと笑って、

「ご主人も知ってますよ。でも、奥さんがそんなことで捕まったら、ご主人の会社での立場が悪くなる。だから私が考えたんです」

「考えた、って……」

「もう一度、車をこすって、前の傷を隠すようにね」

「じゃあ……」

「でも、私、前の傷の写真を持ってます。それに、警察が調べれば、ちゃんと分るはずですよ」

麻衣子が言葉を失っていると、弥生は腰を浮かして、

「じゃ、今日はこれで」

と、ニッコリ笑って、「詩織ちゃん、バイバイ」

トイレから戻って来た詩織に手を振って、店から出て行った。

「ママ、今の人、誰？」

と、詩織がふしぎそうに訊く。

「パパの……会社の人よ」

「ふーん。ねえ、ソフトクリーム、食べたい！」

「じゃあ……頼んでらっしゃい」

麻衣子は、まだ呆然としているばかりだった……。

墓地を風が抜けて行った。

少し風は強いが、よく晴れている。

「——ありがとうございました」

真江がお坊さんに礼を言って、お布施《ふせ》を渡した。

兄、充夫の納骨が済んだところである。

「——お母さん、疲れたでしょ」

と、爽香は言った。

「大丈夫よ」

真江は墓石を眺めて、「お父さんだけじゃなくて、息子まで見送るなんてね……」

と、しみじみと言った。

「そうだね……」

「爽香、お前は長生きしてね。働き過ぎると病気になるよ」

「私は大丈夫。こう見えても頑丈なんだよ」

と、爽香は言って母の肩を抱いた。

今日の納骨には、綾香は仕事で来ていなかったが、涼と瞳は来ていた。

涼の後ろには岩元なごみも立っていた。

そして、

「――お母さん」

爽香は、少し離れて立っていた畑山ゆき子に気付いた。

「まあ、わざわざ……」

畑山ゆき子がやって来ると、

「向うで拝見していました」

と言った。

「あなたも充夫のせいで苦労しましたね。お墓に文句でも言ってやって下さいな」

真江の言葉に、ゆき子は、

「ありがとうございます」

と、深々と頭を下げた。

――明男が借りたワゴン車で、墓地の近くの和食の店に行き、少し遅い昼食を取った。

「会社に行くんだろ？」

と、明男が爽香に訊いた。

「うん。でも一度帰って着替えないと」

「帰りは遅くなりそうか」

「そうだね、たぶん……。珠実ちゃんと食べてて」

「分った」

手早く食べてしまうと、爽香は店の外へ出て、会社の久保坂あやめに電話した。

「――何か変ったことは？」

「また、急に設計変更が」

と、あやめが言った。「これで何度めですかね」

「そんなものよ。仕方ないわ。夕方には行くから」

「分りました」

「社長はいらっしゃる？」

「待って下さい」

あやめが何か言っているのが聞こえ、「――チーフ、社長はパーティですって。今夜は出られないんですよね？」

「どこのパーティ？　あ、そうか、思い出した」

と、爽香は少し考えて、「設計変更のことは、社長に直接言わないと。パーティへ真直ぐ行くわ。出られる？」

「はい、もちろん」

「ホテル、どこだっけ？」

爽香は憶えると、「――じゃ、ロビーで二十分前にね。パーティ始まる前に、社長を捕まえたいし」

社長の田端に会って、兄の告別式にお花を出してもらった礼も言わなければならない。

席へ戻ると、瞳が、

「おばちゃん、今度コーラスの発表があるの。よかったら来て」

と言った。

「いつ？　――うん、その日なら大丈夫。必ず行くよ」

瞳が何ごとも積極的になり、前向きになっていることを感じて、爽香は嬉しかった。

兄一人が欠けたことは、まだ実感がない。

日ごろ、そう年中会っていたわけではないせいだろう。

「お父さんにも聞いてほしかったな……」

と、瞳が呟くように言った。

「そうだね」

コーラスなど、全く関心のなかった充夫だが、瞳としては聞いてほしいと思っていたのだろう。

そんな瞳がいじらしくて、爽香はちょっと涙ぐんだ……。

13　反撃

「あなた、今日は遅くなるの?」

と、麻衣子は玄関で訊いた。

「――どうかな」

と、出かけようとしていた根津雄一は振り向いて、「何かあるのか?」

と訊いた。

「そうじゃないの。私もちょっと出かけるから」

「そうか。たぶん夕飯は食べてくる」

「分ったわ」

麻衣子は玄関から出て、「行ってらっしゃい」

と、手を振った。

夫の姿が見えなくなると、麻衣子は、

「そちらものんびりしてらっしゃいな」

と呟いた。「可愛い彼女とね」

夫は、愛人の水谷弥生が麻衣子に会いに来たとは全く知らないようだ。

それならそれで、都合がいい。

詩織を学校へと送り出すと、麻衣子はケータイを手に取って、野々村へかけた。

「——やあ、おはよう」

野々村の声はまだ起きたばかりという感じだった。

「寝てたの？　一人で？　それともどこかの女と？」

「おい、麻衣子——」

「気安く呼ばないで。あのね、ちょっと話したいことがあるの」

「へえ、珍しいね」

「余計なこと言ってないで。昼ご飯、おごるわ」

「そいつはどうも」

「その代り、ちょっと頼みがあるの」

「何だい？」

「会って話すわ」

と、麻衣子は、待ち合せるレストランの名前を言って切った。

麻衣子は腹を立てていた。——むろん、夫にもだが、あの水谷弥生にも、そして、あんな女に脅されて言い返すこともできなかった自分にも、腹を立てていたのである。

何もこっちが下手に出ることはないのだ。

「そうよ」

向うはただの愛人。こっちは妻なのだ。

麻衣子だって、夫のことをよく分っている。

あの水谷弥生がどういうつもりか知らないが、夫は麻衣子と別れてあの女と再婚することなど、まずあり得ないと分っていた。

十歳の娘がいて、離婚、再婚を裁判で争うなどという面倒なことを、あの夫がやるわけはない。

もちろん、水谷弥生が車の傷のことで、麻衣子の弱味を握っていることは事実である。しかし、弥生自身が言っていたように、麻衣子を警察に逮捕させたりすれば、根津の社内での立場が危うくなる。

それは弥生にとっても困ることなのだ。

そこに気付いたとき、麻衣子は弥生に反撃してやろうと決めたのである。

相手は二十代の小娘だ。

「妻の怖さを思い知らせてやるわ」

と、麻衣子は呟いた。

「俺とあんたの写真?」

話を聞いて、野々村は目を丸くした。「気付かなかったな!」

「まあ、済んでしまったことは仕方ないわ」

と、麻衣子は言った。「デザートにしましょ」

ちょっと洒落《しやれ》たレストランでランチを食べていた。もちろん、ここも麻衣子の払いである。

「旦那も浮気してるのか。いい勝負だな」

と、野々村は言った。

「呑気なこと言ってないでよ。あんたのせいなんだからね」

と、麻衣子は言った。

「そいつは——」

「何よ。文句ある?」

野々村は口をつぐんだ。何といっても、麻衣子がスポンサーなのだ。

デザートを食べ終え、コーヒーをもらうと、

「水谷弥生っていう女」

麻衣子はメモをテーブルに置いた。「主人の部下よ」

もちろん、麻衣子は車の傷のことを野々村に話していない。単に夫の浮気相手が、自分たちの写真を撮ったということだけを話してあった。

「で、俺にどうしろって?」

と、野々村はコーヒーを飲みながら訊いた。

「この女を脅かして」

麻衣子の言葉に、野々村は目を丸くした。

「おい、それはちょっと……。乱暴なことは嫌いなんだ」

と、眉をひそめる。

「何も、荒っぽいことをやれと言ってるんじゃないわよ」

麻衣子は落ち着き払っている。「ただ、私のことを馬鹿にすると痛い目にあうわよ、って言ってやればいいの」

「でも……言うだけで?」

「そこは何か考えなさいよ」

と、麻衣子は苦笑して、「私に散々たかっておいて、少しはお返ししてくれたっていいじゃないの」

「そう言われると……」

「いい? 水谷弥生に主人のことを諦めさせてくれたら……」

「——何だい？」

「少しなら、まとまったお金を都合してあげてもいいわよ」

そのひと言が、野々村の胸にグサッと刺さったことを、麻衣子はしっかり見てとっていた。

「麻衣子——」

「図星でしょ。お金がいるのね」

野々村はちょっと他のテーブルを気にして、

「大きな声で言わないでくれよ」

「大丈夫よ。みんな自分たちの話で夢中になってるわ」

野々村はコーヒーを飲み干すと、

「まあ……かなりやばい状況なんだ」

と言った。「ギャンブルの借金があってね」

「呆《あき》れた人ね。いくら必要なの？」

野々村は少しためらってから、

「まあ……さし当り三百万あれば」

と言った。

麻衣子は表情一つ変えず、

「分ったわ」

と言った。「いつまでにいるの？」

「いいのか？　できれば今週中に……」

「今週中ね。金曜日までに用意してあげる。それでいい？」

「助かるよ！」

「でも、ただあげるんじゃないわ。水谷弥生に――」

「分った。必ず話をつけるよ」

「その言葉、忘れないわよ」

と、麻衣子は言った。「やり方は任せるわ」

「承知した。ともかく、まず女の顔を確かめないとな」

と、野々村は言った……。


「どうかしたか」

と、田端が訊く。

「あ……いいえ」

爽香は首を振って、「ちょっと知ってる人が」

と、スープを飲んだ。

「他のテーブルに？」

「ええ、たぶん……」

爽香はレストランの中の仕切りに背を向けて座っていた。仕切り越しに聞こえてくる少し甲高《かんだか》い声は、どうも根津麻衣子のものらしかった。

しかし、振り向いても仕切りがあって見えない。

「挨拶して来たら？」

と、田端に言われて、

「いえ、向うは見られたくないと思います」

麻衣子の口調は、どうも夫が相手というわけではなさそうだった。——さすがに色々事件に巻き込まれた経験がものを言う。

相手は男。それは分ったが……。

そばを通って、そのテーブルへ行くウエイターを見て、もう向うは会計しようとしていると分った。

「社長」

「何だ？」

「お願いがあります」

「珍しいな。何だい？」

――時々、こうして社長の田端は爽香をランチに誘う。母親の田端真保が爽香を気に入っているせいもある。

「ちょっと」

と、田端は席を立つと、ケータイを手にレストランの入口の方へと歩いて行った。

「――ありがとうございました」

という声がして、麻衣子たちが席を立ったようだ。

爽香の席からはチラリとしか見えなかったが、やはり麻衣子に違いない。

男と二人、レストランを出て行って、少しすると田端が戻って来た。

「すみません、社長」

「いや、面白かったよ」

と、田端は爽香へケータイを返して、「ちゃんと写ってるか、見てくれ」

爽香が出て行くわけにいかないので、田端にケータイを渡して、通話しているふりをしながらあの二人の写真を撮ってくれ、と頼んだのである。

「大丈夫です。しっかり撮れています」

「社長をこき使うな、君は」

「すみません」

――確かに、店を出ようとしている根津麻衣子と男が写っている。

この男……。キャンプからの帰りで、サービスエリアに寄ったとき、麻衣子と話していた男だ。

あの旅館代を麻衣子に払わせていた。——どうにもうさんくさい男に見える。

麻衣子があの男に恋しているとも思えない。むしろ男の方が麻衣子に甘えているようだ。

男の顔もはっきり写っていた。

「——また何か事件に巻き込まれてるのか？」

と、田端が言った。「気を付けてくれよ。君の仕事は、これからもっと大変になる」

「覚悟しています」

とは言ったが……。

付け加えて、

「休日は休みたいです」

と言った。

実際の土地開発が始まると、土曜も日曜もなく出なければならないことも多くなる。

それが分っていたから、予め田端に言ったのである。

「まあ、そうだろうな」

と、他人事《ひとごと》のような田端である。

「家庭崩壊したくありませんから」

「だが、君の所へ人を回すわけにいかないんだ。よそも手が足りなくて悲鳴を上げてる」

「ええ、それは……」

爽香にもよく分っていた。

社内では、爽香が田端に「特別扱い」されていると不満を持つ人間も少なくない。実際には、こうしたランチで、それも田端のグチを爽香が聞くことが多いのだが、仕事の上では何一つ得はしていない。

ただ、長年のことで、爽香が田端に思うことをズバリと言えるのは確かだ。だから、爽香は他のセクションのことでも、田端に要求してやることがあった。

だが、先入観というものは怖い。もし、爽香のチームに人が入れば、他の社員から、

「不公平だ」

という声が出ることは想像できた。

「できるだけ、休日は休めよ。久保坂君にでも代ってもらって」

「社長……。あやめちゃんも目一杯働いていますよ」

「うん、まあ分ってるが……」

田端は曖昧に言った。

こうなると、話しても空《むな》しい。田端は、あれこれ言っても、結局爽香が与えられた仕事をちゃんとこなすと分っているのだ。

「――お母様はお変りありませんか？」

と、爽香は話題を変えた。

金になることはすぐに実行。

これは野々村の主義だった。

「あれか……」

麻衣子と会ったその日の内に、水谷弥生の写真を撮り、顔を確かめていた。この熱心さで、まともな仕事をしていれば、と自分でも思わないでもない。

しかし、今は麻衣子から三百万が入ると分っている。野々村は舞い上っていた。

しかし、もう一つ、自分でも分っていることがあった。水谷弥生を脅しつけたりすることなどできない、ということである。

もともと相手にちょっと強く出られたらすぐ逃げ出す。殴り合いの喧嘩《けんか》などとんでもない話で、だから麻衣子の話を聞いたときから考えていた。

誰にやらせよう？

仕事で社を出る水谷弥生を、道の向いから眺めながら考えていると、ケータイが鳴った。

「――もしもし」

「俺だよ。イサミ」

ぶっきら棒な口調で、「今、どこだい？」

これだ！　――正に絶好のタイミングだった。

「ちょうどお前のことを考えてたとこだ」

と、野々村が言うと、

「相変らず調子いいな」

と笑う。

「本当だよ。お前に頼みたい仕事があるんだ」

「金になるか？　今、ちょっと困ってるんだ」

「相談しようじゃないか。――晩飯、どうだ？　何でもおごるぜ」

野々村にしては珍しく太っ腹なところを見せた。別れ際に、麻衣子が「こづかい」をくれていたのである。しかし、

「あんまり高いもんはだめだがな」

ついそう付け加えてしまう野々村だった。

14 準備

「もしもし。あの……国枝佐和です」

おずおずとした言い方に、相良はちょっとイラつきながらも、

「やあ、どうしたかと思ってたよ」

と言った。「さっぱり連絡もないし、こっちから電話しても出ないし……」

「申し訳ありません。父のことで、父の親戚に会いに地方へ行っていたものですから」

「そうならそうと言っといてくれりゃ、心配しないんだよ。一体どうしちまったかと思ってね」

相良は自宅で昼間から酒を飲んでいた。

「娘を連れて行っていたもので、つい……。すみませんでした」

「まあ、いいよ。それで……」

「あの……お手数ですが、これから家《うち》へおいでいただけないでしょうか」

と、佐和は言った。

「今から？　そう急に言われてもね……」

と、相良は渋っているふりをして、「これから出かけなきゃいけないんだが……。まあいい。そっちは予定を変えてもらえるだろう」

「申し訳ありません」

「あんたは世間ってものを知らないね。人と会おうと思ったら、少なくとも二、三日前に連絡して、都合を訊かないと」

「では、改めてということにしましょうか」

「いや、せっかくあんたが会いたいと言って来てるんだ。あんたのお父さんとの友情を思えば、それぐらいのことは目をつぶるよ」

と、恩着せがましく言って、「じゃ、三十分したら伺うから」

「ありがとうございます。お待ちしています」

「じゃあ、後で」

受話器を置くと、「散々人を待たせやがって！」

と、吐き捨てるように言った。

クスクス笑う声がする。——浴衣をだらしなくはおった女が、コップ酒を飲みながら、

「あんたがお説教してるなんて、おかしくって」

「何言ってやがる」

相良は布団にあぐらをかいて、「少し酔いをさまして行かねえとな。——三百万のためだ」

「可哀そうに、その娘さんも」

「馬鹿言え。これじゃ済まないぜ。あと百万、二百万……。三百万をこれぐらいの期間で用意できるってことは、あと五百万は作れるはずだ」

「とことん搾り取ろうっていうの？　ほどほどにしときなさい」

「なあに、まだ、あの家と土地がある」

と、相良は言った。「家と土地を担保に何千万か借りられるはずだ。それに、あの娘、もう四十の子持ちだが、なかなかいい女だ。借金をしょわせといて、風俗へ売り払うって手もある」

「呆れた。あんまり欲張ると、痛い目にあうよ」

と、女は欠伸して、「金が入るのなら、晩ご飯は、どこか外で食べよう」

「ああ、何でも好きなものを食わせてやるぜ」

相良は立ち上って、「ちょっとシャワーを浴びて来るか」

と、欠伸をした。

三十分後、相良はひげも当って、さっぱりした格好で国枝家の玄関のチャイムを鳴らした。

すぐに佐和が出て来る。

「やあ。——何とか都合をつけたよ」

と、わざとらしく言って、「じゃ、上らせてもらうよ」

「どうぞ。こちらへ」

茶の間へと案内された相良は、背広姿の男が座っているのを見て、びっくりした。

「座って下さい」

と、佐和が言った。「今、お茶を——」

「誰だね、この人は？」

「私が相談にのっていただいた知り合いの方で、宗方さんといいますの」

「宗方です」

「ちょっと待ってくれ。これは、私とこの娘さんとの個人的な話なんだ。他人にいられちゃ……。あんただって、お父さんの恥になるようなことを、知られたくないだろ」

「ご心配なく。宗方さんには何もかもお話ししてあります」

佐和は、「何もかも」というところに、わずかに力を入れた。

「しかし……。まあ、いいがね」

渋々座ると、「ともかく早いところ済ませちまおう。金は用意してあるんだろうね」

と、相良がせかせるように言うと、佐和がピタリと座って、

「お金はありません」

と言った。

「何だって？」

「父はあなたから借金などしていません。ですから、お返しする必要もありません」

「あんた……何を言ってるか分ってるのか？　俺はちゃんと親父さんの書いた借用証を見せたろう」

「これですね」

と、宗方が机の上に借用証のコピーを置いた。「この〈国枝修介〉の署名ですが、この引出しに入っていたハガキの字と同じです」

「そりゃ、同じ人間が書いたんだからね」

「いいえ。同じ人間のサインでも、重ねたときに、少しの違いもなくぴったり重なることはあり得ません」

「何だって？」

「それにこの印鑑です。確かに似てはいますが、縁の丸い枠がわずかに細い。これは似せて作った別の印鑑です」

「何だと？　おい！　人をなめるな！　俺が偽の借用証を作ったとでも言うのか！」

「その通りです」

宗方は平然として、「この借用証を調べてくれたのは、警視庁の鑑識の人です。私の勤め先の社長が親しいものでしてね。ちゃんと鑑定結果を正式に作ってくれましたよ」

と、書類を取り出した。

「ふざけるな！」

と、相良は大声を上げた。「こんな真似をしてただで済むと思ってるのか！」

「こけおどしはやめて下さい」

と、佐和が言った。「父が死んだのをいいことに、お金を騙《だま》し取ろうなんて、人間のすることですか」

相良は顔を真赤にして、

「お前たちみたいな奴らに馬鹿にされて、おとなしく引っ込んでると思うのか？　後悔したって知らねえぞ！」

と言ったところへ、襖《ふすま》がガラリと開いた。

相良はそこに立っている中年男をポカンとして眺めていた。

「久しぶりだな、西野《にしの》」

と、その男が言った。「捜したぞ」

相良がハッと息を呑んだ。

「やっと思い出したか。——鑑識から、西野のやり口によく似た偽の借用証が来てる、と知らせてくれてな。詐欺《さぎ》をやるなら、同じ手口はくり返さないことだ」

相良があわてて立ち上ったが、廊下の障子《しょうじ》が開いて、他の男が二人、立っていた。

「アパートの女のことは心配しなくていいぜ」

と、刑事は言った。「もう連行して話を聞くことになってる。後で会わせてやるよ」

相良は汗をかいていた。膝が震えて立っていられなくなり、しゃがみ込んでしまった。

「連れて行け。——どうも」

刑事は佐和の方へ会釈した。

相良——と名のっていた男——が連行されて行くと、佐和は、

「ありがとうございました」

と、宗方へ頭を下げた。「おかげさまで……」

「いや、お役に立って良かったですよ」

宗方は笑顔になって、「お約束の方ですが……」

「はい。あの……お食事をご一緒に、ということですね。喜んで」

佐和が頬を赤らめた。

「良かった」

宗方はホッと息をついて、「希ちゃんも一緒に。いいですね」

「いいんですか？　あの子、八つにしてはよく食べるんですけど……」

と、佐和は言って笑った。

「やあ、やっぱりあなたの笑顔はすてきだ」

「まあ……。でも、あなたに会えたのも、父のおかげですわ」

「そう。後はお父さんを死なせた車が早く分るといいですね」

と、宗方は言った。


「〈野々村修〉か……」

松下は写真を見て、「大したことのやれる奴じゃないな、この顔は」

と言った。

「すみません、いつも」

と、爽香は言った。「何だか気になるんです」

「お前のそういう勘は良く当るからな」

「あんまり当ってほしくないんですけど」

と、爽香は苦笑した。「これは私の個人的なお願いですから」

「分った。せいぜい割引しとこう」

と言って、松下はコーヒーを飲んだ。「ここのコーヒーは旨《うま》いな」

「ありがとうございます」

〈ラ・ボエーム〉のマスター、増田《ますだ》が微笑む。

爽香は、ちょっと仕事を抜け出して、松下に会いに来たのだった。松下は行方不明の人間を捜したりする。裏社会ともつながるコネを持っていて、〈消息屋〉という商売をしているのである。

爽香はしばしば松下の世話になっていた。松下も爽香のことが気に入っている。

根津麻衣子が会っていた男の名を、あのキャンプで泊った旅館へ訊いて調べ出した。旅館の人の話では、あてにしていた女性に振られて、お金がなく困っていたようだということ。

もちろん、麻衣子が昔の友人に手助けするのを、爽香がとやかく言うことはない。ただ、あのサービスエリアでの様子、レストランでの二人の話に、どこか普通でないものを感じていた。

それは、松下がからかうように、爽香の勘というものだろう。

「何か分ったら連絡する」

と、松下は言った。

「よろしく」

松下は立ち上りかけて、

「——そうだ。兄貴が亡くなったそうだな」

「あ……。ええ、よくご存知ですね」

「色々大変だったな」

「ありがとうございます」

「お袋さんは大丈夫か。気が抜けると危いぜ。用心しな」

「ご心配いただいて……」

と、爽香は言った。「あ、私も出ます。そうサボっちゃいられませんから」

二人は〈ラ・ボエーム〉を出た。

「雨になりそうだな」

と、松下が灰色の空を見上げて言った。


「頼んだぞ」

と、野々村は言った。

「任せてくれ」

スナックのテーブルで、イサミはケータイに送られて来た水谷弥生の写真を見ていた。

「しかし――」

と、野々村は少し声をひそめて、「手荒なことはするなよ。けがさせたら面倒だ。脅してやるだけでいい」

「分ってるよ」

イサミは三十前後の細身の男である。以前は組に入っていたこともあるが、喧嘩で相手に重傷を負わせて逮捕された。

出所してからは、特にどこの組にも入らず、ちょっとしたゆすりや、女の金で食っていた。

冷ややかな感じの中に、女をひきつけるものを持っていて、食べるには困らなかったのである。

しかし、このところ一緒に暮していた女が逃げてしまい、その借金を返せと迫られていた。組織を敵に回したら怖いことはよく知っている。

「だけど、この女、相手の男と同じ会社に勤めてるんだろ？　別れさせるっていってても……」

「女が会社を辞めて、どこかへ行っちまってくれたら一番いいな。その辺はお前の腕だ」

「分ったよ」

と、イサミは言った。

そして、ケータイを眺めて、水谷弥生は自分の好みのタイプだと考えていた……。

15　悪夢

気配を感じる、なんてことが本当にあるんだ。

水谷弥生は、その夜、会社を出たときからずっと誰かに見られているような気がしていた。

それでも、午後から強い風が吹いて、歩くのにも苦労するほどだったので、そう気にはとめている余裕はなかった。

「ああ……」

地下鉄に乗って、運良く座れたときはホッとして、ほとんど「誰かの視線」のことは忘れかけていた。

座ってケータイを取り出すと、根津に、

〈今日、帰りはどう？〉

と、メールを送った。

少しして、

〈今日は接待で遅くなるんだ。予定が立たない〉

と、返事があった。

弥生はちょっと不満だった。接待で遅くなるときは、却って会うのに都合がいい。

〈大体何時ごろ？　待ってるわ〉

と送ると、

〈すまない。今日はちょっと無理だ〉

フン、と弥生は口を尖《とが》らして、

「冷たいのね」

と呟いていた。

隣の男性が立って降りて行き、黒っぽいコートの男が座った。長身で、ちょっとスマートな男だ。

弥生は、ケータイに入れた来週の予定を眺めていた。大学時代の友人数人で集まることになっている。

「あ、いけない……」

思わずそう呟いていた。友人たちとの飲み会の会場を、弥生が捜すことになっていたのである。

うっかりしてた……。

弥生は、心当りの店を、ケータイで捜し始めた。——初めに思い付いた店が、すでに予約で一杯と知って、少し焦った。

それでも、三番目に当った店が、何とか個室が取れてひと安心。

また忘れない内に、と、集まる仲間へ一斉にメールを送る。

「——これでよし、と」

弥生はケータイをバッグへしまったのだが……。あ！　いけない！

電車が停っているのは、弥生が降りる乗り換え駅だった！　あわてて立とうとしたとたん、扉が閉ってしまった。

「いやだ、もう……」

メールを打つのに気を取られて、降りそこなってしまったのだ。

次で降りて戻らなくては。——私としたことが。

ふと、隣の男性と目が合った。どこかクールな印象の、目をひかれる男だった。

男は微笑んだ。

「乗り過したんだね」

と言った。

「ええ……。ちょっと……」

と、目をそらしたが、何となく弥生はもう一度男を見た。

そして、弥生も笑ってしまった。

「お恥ずかしいです」

と言うと、

「僕も次で降りる」

と、男は言った。「どうだい？　乗り過したついでに、一杯付合ってくれないか」

弥生は面食らったが、根津に冷たくされた後でもあり、

「あんまり遅くなると……」

「ちょっと飲むだけさ。夕飯もまだだろ？」

「ええ……」

「知ってる店があるんだ。食べるものも悪くない。おごるよ」

爽やかな口調だった。——弥生はちょっと胸がときめいて、

「じゃあ……お言葉に甘えて」

と言っていた。


一年生とはやはり大分違っていた。

二年生になって、珠実は学校から出るのがずいぶん遅くなっていた。それでも、いつも暗くなるようなことはない。

今日は学校で担任の大月先生が、一人一人生徒と話をする日だったのだ。予定より大分遅くまでかかってしまって、大月先生は、

「申し訳ありません」

と、一人一人の親へ電話を入れていた。

もちろん学校はそう遠いわけでもないし、珠実の通る道はお店が並んで人通りも多い。

珠実は真直ぐに家路を辿っていた。

「――ごめんなさい」

という声に、珠実は振り向いた。

お勤めしているような服装のおばさんが、布の手さげ袋を持って、

「これ、あなたが落とさなかった？」

と訊いた。

珠実は黙って首を横に振った。

「そう。てっきりあなただと……。ごめんなさいね」

「いいえ」

「落とし物は交番に届けた方がいいわね。この辺に交番ってある？」

と、その女性は訊いた。

珠実の帰り道の途中に、交番がある。

「この先にあるよ」

と、珠実は言って、自分の行く方を指さした。

「あらそう。どこだか教えてくれる？」

「うん。私の行く道だから」

「じゃあ、一緒に行きましょう」

珠実は、そのおばさんと一緒に歩き出した。

「——今、何年生？」

「二年生」

「そう。今の二年生は大きいのね。もう四年生ぐらいかしらと思ってた」

道が少し寂しくなる。しかし、じきに交番もあるし、その先はまた勤め帰りの人でにぎやかになる。

「あの先が交番」

と、珠実は指さした。

「そう。ありがとう」

と、その人は言った。「ねえ、珠実ちゃん——」

「あ、お帰り」

と、足早に向い側からやって来た、スラリと足の長い女の子。

「あ、あかねちゃん」

早川志乃の娘、あかねだった。

「今帰り？　遅いね」

「先生とお話があって」

と、珠実は言って、「あかねちゃん、もう帰るの？」

「珠実ちゃんのお母さんに会いに行ったんだけど、誰もいなくて」

「じゃあ、一緒に行こう。待ってれば帰って来るよ、お母さん」

「そうしようかな」

あかねは、珠実と歩いて来た女性の方へ目をやった。

「——私は、たまたま一緒になっただけ。じゃあ、ここで」

「うん」

珠実は、あかねと一緒に家へと歩き出したが——。

少し行って振り向くと、

「あの人……何だろ？」

と言った。

「どうしたの？」

「今の女の人。——交番に行くって言ってたのに、いないね」

交番に行っていれば見えるはずだった。

「変な人だったの？」

「分んないけど……。私の名前、知ってた」

「珠実ちゃんって？」

「そう呼んだ。それに……どこかで会ったこともあるみたいな……」

「ふーん」

あかねは肯いて、「用心した方がいいよ、色んな人がいるからね」

「うん。あかねちゃんが一緒だから、大丈夫！」

「そうだね。——あ、ケータイが」

あかねがケータイを取り出す。「あ、爽香さん？」

「あかねちゃん、ごめんね。電話もらってたのね。会議で切ってたから」

「ちょっとお願いがあって」

あかねが珠実と一緒だと話すと、

「じゃあ、家へ上ってて。私、三十分ぐらいで帰るから。夕ご飯、食べてったら？　何か駅前で買ってくわ」

「いいの？　じゃ、待ってる」

あかねと珠実は、ほとんどかけっこでもしているような勢いで、夜道を急いで行った。

「おかしいわね」

爽香は、珠実から話を聞いて、「名前を知ってたって……。

「私、もっとよく見ればよかった」

と、あかねが悔しがっている。

「それにあの辺は暗いでしょ」

と、爽香は言って、「よく考えてみましょう。珠実ちゃんも気を付けてね」

「うん」

駅前で買って来た料理を電子レンジで温めた食卓だが、あかねもよく食べた。そこへ、

「——ただいま」

と、明男も帰って来て、食事に加わった。

「ね、明男」

と、爽香が言った。「今日、帰りに珠実ちゃんが妙な女の人に声かけられたの」

「女の人？」

爽香の話を聞いて、明男は、「珠実の名前を知ってたのか」

「そうなの。気味悪いでしょ？」

「うん……。学校の先生にも話しといた方がいいかもしれないな。誰か上級生と一緒に

「帰らせてもらうとか……」

「そうね、大月先生にお話ししておきましょ。明男、話しに行ってくれる？」

「ああ……。いいよ。明日、先生に電話してみよう」

「お願いね」

爽香自身が行った方がいいかもしれない。分っていたが、明男に頼むことで父親の役を果す機会になる。

「――いいね、爽香さんの所って、仲が良くて」

と、あかねが言った。

「私、あの女の人に会ったこと、ある」

と、珠実が言った。

「え？――知ってる人？」

「そうじゃないけど、どこかで会った」

爽香も、そういう点での珠実の記憶が確かだということは分っていた。

「じゃあ、思い出したら教えてね」

「うん」

「そういえば……。あかねちゃん、私に話って？」

「あ、そうだった」

あかねがちょっと舌を出して、「ご飯食べに来たわけじゃなかったんだ」

明男が笑って、

「食欲があるってのはいいことさ」

「でも、一人で食べ過ぎちゃったわ。ごめんなさい」

「何言ってるの。中学生が沢山食べなくてどうするのよ」

爽香は、あかねが一緒に食べると分っていたので、ご飯もおかずも多めに用意した。

「今度、私クラス委員なの」

「へえ、凄いわね」

「来月、クラスのお父さん、お母さんで、〈子供の遊ばせ方〉ってテーマで話し合うの。本当は学校の方から〈非行防止〉ってテーマが出てたんだけど、ちょっと深刻になり過ぎるって意見が出たらしくて」

「中学生はもう子供じゃないものね」

「それでね、その話し合いのときに、講師を呼ぶんだけど……」

「児童心理学の先生とか?」

「爽香さん、話しに来て」

「――え?」

爽香は面食らって、「私が? ――どうして私が?」

「爽香さんぐらい、色んな経験して来た人って珍しいと思うんだ」

あかねはアッサリとそう言った。

「そりゃそうかもしれないけど……」

否定できないのが、爽香としては辛いところだ。

「ね？　どんな話でもいいの。殺人犯とやり合った場面とか、みんな面白がって聞くよ、きっと」

「そんな……。私、落語家じゃないんだからね」

「お母さんから一杯聞いてるもん、私」

「志乃さんったら、どんなこと話してるの？」

と、爽香は渋い顔で言ったが、明男は笑って、

「いいじゃないか。『私の真似はしないでね』って言ってやれば」

「もう、明男までそんなこと言って……」

「お母さんは強いんだよ」

と、珠実が得意げに、「お父さんと喧嘩したって、絶対に勝つ！」

「珠実ちゃん！　いつお母さんがお父さんと大喧嘩したって言うのよ」

「あれ？　夢の中だったっけ？」

と、珠実はとぼけて見せた。

「爽香さん、お願い！　謝礼は出ないけど」

と、あかねが手を合せて言った。

「もう……。どんな話をすればいいの？」

「やった！　じゃ、いいのね。すぐ連絡する！」

「ちょっと、あかねちゃん！」

あかねがケータイを手に立って行くと、

「──もしもし？　──うん、講師の件、ＯＫ！」

と、友人にでも連絡しているのか……。

「あかねちゃん！　日取りぐらい教えてよ！」

と、爽香は焦って声をかけた。

16　蒼白

「すまん、本当に助かるよ」

野々村はくり返し言いながら、小切手を上着の内ポケットへ入れた。

「現金だと、主人が気が付くから」

と、根津麻衣子は言った。「でも、どうせその三百万は右から左ね」

「雲隠れしなくていいだけで、充分さ」

野々村は急いでコーヒーを飲み干すと、「じゃ、今日はこれで——」

「ちょっと待って」

と、麻衣子は遮って、「忘れてやしないでしょうね。三百万、何のためにあげるのか」

「分ってるとも。——水谷弥生だ」

「ちゃんと、主人と手を切らせるのよ。分った？」

「任せといてくれ」

と、野々村は胸を叩いて、「もう、しっかり手は打ってある」

「本当でしょうね」

「うん、連絡するよ」

野々村がせかせかとコーヒーショップを出て行くのを、麻衣子は見送って、ゆっくりと自分のコーヒーを飲んだ。

本当に野々村が、夫と水谷弥生との仲を壊せるものかどうか、麻衣子は正直疑っていた。もしうまくやれなかったら、三百万は丸損だが、

「あれが手切れ金ね」

と呟く。

もちろん、水谷弥生がおとなしく身をひいてくれたら一番だが、そんな殊勝な女とも思えない……。

ケータイが鳴って、麻衣子は覚えのない番号に眉をひそめた。

「――はい」

と出てみると、

「恐れ入ります」

と、ていねいな口調は女性だった。「根津麻衣子様でいらっしゃいますね」

「そうですが……」

と、麻衣子は言った。「どなたですか？」

「ご記憶でないかと存じますが、先日、お子様のキャンプのときお泊りいただいた旅館の者でございます」

「は……」

「実は大月先生に、生徒さんのお忘れになったウエストポーチをお預けした安田という仲居でございまして……」

「ああ！　憶えてますよ。栗崎英子さんのお世話をなさっていた……」

「憶えていて下さってありがとうございます」

「いえ、その節はお世話になって」

「いえいえ、こちらこそ。それで、大月先生にご連絡しましたら、あのウエストポーチを根津様がお持ちと伺いまして」

「ええ。――そうでした！　もう忘れてたわ。バスを降りるときに、先生が大変そうだったので、私がお預かりして……。あのウエストポーチが何か？」

「後で、他の仲居の話を聞きますと、それは杉原さんという方のではないかと」

「まあ、杉原珠実ちゃんの？　――そうだったかしら？　それなら、お母さんが……。でも、私はよく憶えてませんけどね」

「私、所用で東京へ来ておりまして。もしご面倒でなかったら、ウエストポーチをお預かりしたいと思いますが」

「まあ、わざわざ？」

「ついでですし。それに、もしかしたら、他の方のものかもしれませんので、一応私が杉原様に事情をご説明したいと存じます」

「分りました。じゃあ……」

「今日、夕方にでもいただきに上ってもよろしいでしょうか」

「ええ、構いません。たぶん……五時過ぎには帰ってると思います」

「ありがとうございます。ご住所は大月先生から伺っておりますので」

「はあ、それなら……」

切れた。——麻衣子は、ちょっと肩をすくめて、

「ごていねいな話ね」

と呟いた。


「本当に現金になるんだろうな？」

相手の男は、渋い顔で小切手を眺めていた。

「大丈夫だよ。絶対インチキなんかじゃない」

と、野々村は言った。「三百万、これで許してくれよ。な？」

相手の男はフンと鼻を鳴らして、

「ま、いいだろ。お前にしちゃ上出来だ。どうせ十万、二十万って金でごまかして逃げ回るだろうと思ってたよ」

男はビールを飲み干して、「ここは払えよ。利息の代りだ」

と言うと、小切手をポケットへ入れて、スナックから出て行った。

「——畜生！」

現金だったら、全部渡さずに少し懐《ふところ》へ入れたのだが。

しかし、麻衣子のおかげで、思いがけず借金取りから逃げられた。

「ぜいたく言っちゃいけねえか」

野々村は、「——おい、水割り」

と、注文した。

スナックへ、イサミが入って来た。

「やあ」

と、野々村の向いの席に座る。

「どうだった？」

「一杯飲ませろよ。——おい、ビールだ」

と、イサミは注文して、「金は？」

「ここに五万だけある。小切手だったんで、借金を返すのに、持ってかれちまった。少し待て。来週には用意する」

野々村は気軽に言ったのだが、イサミの目つきが変ったのに気付いた。

「俺を騙したのか？」

冷ややかな口調だ。

「違う！　そうじゃない。ちゃんと約束通り払う。本当だ」

野々村はあわてて言った。イサミを怒らせると怖い。

「それなら、今すぐ払え」

と、イサミは言った。「そういう話だったぞ」

「ああ、しかし……」

野々村は言いかけて、「分った。分ったから。——だが、今すぐってわけにゃいかない。分るだろ？　金を出してくれる女だって、例の女が亭主と別れたってことがはっきりしなきゃ、金は出さない」

そう言ってから、

「うまく行ったのか？　水谷弥生は……」

「ああ。もう浮気はしない」

「じゃあ、別れさせたんだな？　よし、よくやった」

二人は乾杯した。イサミは、

「いつ金が入るんだ？」

「女に連絡して、出してもらう。例の女のことが片付きゃ、喜んで出すさ」

「二、三日の内には用意しろよ」

「何とか……話してみるよ」

麻衣子は、あの三百万に、水谷弥生と夫を別れさせる金も入っているつもりだったろう。しかし、そこは野々村が何とか口説《くど》いて、あと百万出させるつもりだった。

だが、二、三日の内というのはどうなのか……。

「飯でも食うか？　おごるぜ」

「いや、いい」

少しでも、イサミのご機嫌を取っておかなくては、と思ったのだ。

イサミはさっさとビールを飲み干して、「連絡を待ってるぞ」

と言って出て行ってしまった。

「やれやれ……」

どうやって水谷弥生に納得させたのか、聞きたかったのだが。

まあ、あいつが大丈夫と言ってるのだから……。

さて、麻衣子からあと百万ほど引き出す算段をしなければ。それには、イサミにも言った通り、麻衣子の亭主と水谷弥生が、はっきり「切れた」と分らなければならない。

しかし、どうやって確かめる？　——野々村は考え込んだ。

「ああ、今日は早く帰れそうだ。——うん、ちょっと寄る所があるが、すぐ済むよ。七時ごろには帰る」

根津雄一は、ケータイをポケットへ入れると、少し古びたマンションを見上げた。

麻衣子からケータイにかかって来たので、つい「早く帰れる」と言ってしまったが、それはここに来ているのが多少後ろめたかったからだろう。

この少し古くなった賃貸マンションに、水谷弥生は一人で住んでいる。家賃は安いが、その代り隣室の物音が聞えてくるような、安手な作りだ。

根津も、帰りに何度かこのマンションへ弥生を送っては来たが、部屋へ上ることはあまりなかった。

二人の時間を過すのはホテルが多い。根津も、弥生のために大分金を使っていた。

古くてのんびりしたエレベーターで五階へ上る。——水谷弥生が、今日無断欠勤していたのだ。

そういう点、弥生はきちんとしていて、休むときは必ず連絡を入れてくる。上司の根津に、である。

メールなどで、〈休みます〉と言って来て、〈明日は出られるから〉といったことを付け加えるのが普通だ。

ところが、今日は何の連絡もなかった。ちょっと心配になって、根津は弥生のケータイへ何度かかけてみたが、呼んではいるものの、誰も出ない。

それで会社の帰り、ここへ来てみたのである。

根津が心配しているのは、七、八年前に、やはり一人暮しの女性社員が無断で休み、三日目に同僚が見に行くと、風呂場で倒れて死んでいるのを見付けた、という例があるからだ。

むろん、まさかとは思うが……。

五階へ上り、〈503〉のチャイムを鳴らした。二度三度鳴らしたが返事はなかった。

「おかしいな……」

と、首をかしげていると、隣のドアが開いて、主婦らしい女性が顔を出した。

「水谷さんにご用？」

と、その女性が訊く。

「ええ。留守のようで。——同じ会社の者です」

「ああ、そうですか。ゆうべかなり遅く帰って来たみたいでしたわ」

「そうですか。何か言ってましたか？」

「いいえ、じかに話したわけじゃないんで。男の方と一緒だったみたいです」

「そうですか。どうも恐縮です」

男と……。根津はちょっと複雑な思いがした。昨日、帰りに会おうと誘って来たのを、根津は「何時になるか分らない」と言って断った。

弥生としては面白くなかったろう。しかし、だからといって、他の男を？

少し迷ってから、根津はキーホルダーを取り出した。弥生の部屋の鍵も持っている。

根津は鍵をあけると、

「——ごめんよ」

と、声をかけ、玄関へ入った。

弥生の靴。いるのだろうか？

「弥生。——いるのか？」

上ってみたが、明りは消してあって、窓のカーテンは閉っていた。

明りを点《つ》ける。

どうやら留守のようだ。

仕方ない、帰るか。——しかし、万一、具合でも悪くなって、倒れているとか……。

ベッドの部屋、台所。あとはバスルームだけだ。

根津は、バスルームのドアが半開きになっていることに気付いた。

まさか、中で……。

恐る恐るドアを開ける。——誰もいない。

ホッとして、

「馬鹿らしい」

と呟いた。

大方どこかへ出かけているだけだろう。

根津は玄関へと戻って、靴をはき、ドアを開けた。

目の前に立っていた男と顔を突き合せて、互いにびっくりした。

「——ここの方？」

と、相手の男は言った。

「いえ……。知り合いですが」

「ここは——水谷弥生さんの部屋ですか？」

「そうですが……。あなたは？」

「警察の者です」

「警察？　水谷君に何か……」

根津は訊かれて、上司だと答えた。「今日無断で休んでいたので……」

「そうですか」

休んでいるからといって、勝手に部屋へ上るのは、ただの上司ではないと分っているだろう。

「あの——」

「この駅前の工事現場の裏手で、女性の死体が見付かりましてね」

「死体？」

「乱暴されて、首を絞《し》められたようです。近くの川にバッグを投げ捨てたらしいんですが、それが途中の枝に引っかかってましてね。その中に身分証が」

根津が青ざめた。——まさか！

「死体を確認していただけますか」

刑事の声は、どこか遠くから聞こえてくるようだった。

弥生……。弥生が……。

「大丈夫ですか？」

と問われて、返事をする元気もなく、根津は玄関の上り口に座り込んでしまった。

17　怯え

「あなた！　どうしたのよ、早く帰るって言っといて」

玄関へ出て行った麻衣子は、夫に向ってそう言ったが……。

夫の様子がただごとでないことに、すぐに気付いた。

「あなた……。どうしたの？」

根津雄一は、やっとの思いで靴を脱ぎ、玄関を上ると、

「すまん……」

と言った。「実は……大変なことがあってな……」

「ともかく、コート脱いで。ネクタイを外して。——どうしたっていうのよ？」

根津は、ネクタイをむしり取るように外すと、ワイシャツのボタンを外して、そのまま居間のソファにぐったり座り込んだ。

「疲れてるの？」

と、麻衣子が訊く。

「麻衣子……」

「何？」

「白状することがある。僕には女がいた」

麻衣子は、どう言っていいか分らず、

「そう。――それで？」

「水谷弥生という……会社の部下だ。――隠しててすまん」

でも、言われたって困るけどね、と麻衣子は思った。

「その人がどうしたの？」

「死んだ」

麻衣子も言葉を失った。――死んだ？

「あなた……」

「殺されたんだ」

根津の声は震えていた。「可哀そうに……」

「――殺された？」

麻衣子も青ざめたが、根津は自らのショックの余り、妻の様子に気付かなかった。

「あんなひどいことを……。彼女は昨夜、僕と会いたがってた。僕はだめだと言った。どうしても仕事が……。でも、そのせいで……」

「あなた。――誰が殺したの、その人を」

「分らない。どこの誰なのか。ともかく、弥生に暴行して、殺してから、身許《みもと》が分らないように服をはいで裸にして工事現場の裏手に捨てたんだ。しかし、バッグを川へ投げ捨てたつもりが、途中で木の枝に引っかかっていた。それで彼女と分った」

「まあ……。ひどいことするわね」

と、麻衣子は言った。

「麻衣子……。彼女のことを恨まないでやってくれ」

「ええ……。ええ、殺された人を……。済んでしまったことよ」

「ありがとう」

根津は首を振って、「ともかく……着替えるよ」

「ええ、そうね。あの……お風呂に入ったら？　少し落ちつくかも」

「そうだな……。そうしよう」

と、力なく立ち上る。

「お湯、入れるわ」

麻衣子は急いでバスルームへ行って、お湯を出した。

水音に包まれると、麻衣子は、

「どういうことよ！」

と、呻《うめ》くように言った。

野々村がやったのだろうか？　――いや、いくら悪いことに手を出しているとしても、人殺しまでやらないだろう。

しかし、今、水谷弥生が殺されたのは偶然とは思えない。

もし――もし、野々村が捕まって、「根津麻衣子に頼まれた」とでも言ったら……。

とんでもない！

思い出した。

野々村に三百万円の小切手を渡したとき、夫と水谷弥生を別れさせるように念を押した。野々村は自信ありげに、

「しっかり手は打ってある」

と言ったのだ……。

ともかく、私は水谷弥生が殺されたこととは何の関わりもない。野々村にそう言い含めておかなくては。

「――あなた、お湯が入ったわよ」

麻衣子は、何とか平静を装って、根津に声をかけた。「――あなた？」

根津は寝室のベッドに、放心したような表情で腰をかけていた。

「どうしたの？　しっかりしてよ」

「うん……」

「もう済んだことでしょ。いつも通りにしてくれないと私だって……」

麻衣子の言葉がやっと届いた様子で、

「そうだな……」

と、呟くように言って立ち上った。

「あなた、まさか……警察で疑われるようなこと、言わなかったでしょうね」

「俺が？　いや、何も……。ともかく、弥生を見て、気を失っちゃったんだ」

「まあ……」

「あいつはひどい目にあわされたんだ。裸の体はあちこちに傷やあざがあって、首を絞められて殺されたと……。そりゃあひどい表情をしてた。とてもまともに見ちゃいられなかった……」

「そうだったの」

——その可哀そうな弥生が、麻衣子のひき逃げを種《たね》に脅して来たのだ。しかし、さすがにそうは言えなかった。

根津がお風呂に入り、お湯の音が聞こえてくると、麻衣子は寝室に入り、野々村のケータイへかけた。

「——もしもし」

「やあ、珍しいね、君からかけて来るなんて」

いつもの口調だ。何も知らないのだ。

「今、一人？」

と、麻衣子は訊いた。

「あ……。いや、ちょっと知り合いと一緒で……」

口ごもっているのは、大方どこかの女と一緒なのだろう。

「聞かれちゃまずいのよ、他人に」

「ああ、大丈夫。もう酔って眠ってる」

と、野々村は言った。「僕も相談したいことがあってね。ちょうど良かった」

「良かった？　あなた知らないのね」

「何のことだい？」

「水谷弥生が殺されたのよ」

しばらく向うは黙っていたが――。

「おい……。冗談だろ？」

「冗談でこんなこと言うわけないでしょ」

「しかし……」

「主人が死体を見て来たの。誰かに乱暴されて、首を絞められたって」

「本当か？」

「あなた、言ったわね。手は打ってあるって。どういう意味だったの？」

野々村もショックを受けているようだった。

「待ってくれ。ともかく、ちょっと時間をくれ。明日にでも連絡するから」

「いいこと。私は一切関係ありませんからね！」

麻衣子は通話を切った。

これからどうなるのだろう？　――麻衣子は急に周囲が寒々と暗さを増したように見えた……。


あいつ……。まさか……。

野々村は、麻衣子からの電話が切れた後、しばらく呆然としていた。

「――どうしたの？」

ベッドで寝ていた女が、いつの間にか起きていたらしい。

「いや、何でもない」

「何でもないって顔してないわよ」

女はなじみのバーのホステスで、野々村は月に一、二度、こうしてホテルに泊る。

野々村の方から誘うわけではなかった。ホテル代は女が出しているのだ。

「何か厄介ごとに係《かかわ》ってるのね？　私は知らないわよ」

と、女は欠伸をした。「眠いわ。もう朝まで起きないからね」

「待ってくれよ」

と、野々村は言った。

今度のことで、麻衣子とはもう続けられないだろう。そうなると、一人でも「あてにできる女」を確保しておかないと……。

「な、咲枝《さきえ》」

と、野々村は言った。「心配いらないよ。俺は関係ない。ただ、昔なじみの女が、ちょっと困ったことになってて、相談して来てるんだ」

「ふーん……」

咲枝という女、もう半分眠っている。

――イサミの奴。

他に考えられない。それにしても……。

野々村はバスルームに入ると、しっかりドアを閉めてケータイを手にした。

しかし、イサミにかけようとして、ためらった。――今、事件のことを訊いたところで、正直に答えはしないだろう。

そうだ。今夜はやめよう。

明日になってからだ。

野々村がベッドに潜り込むと、咲枝はぐっすり眠っていた。

野々村はホッとしていた。さすがに、今は女を抱くどころではない。

イサミが、百万円よこせと言って来ている。本当なら、金を渡して、当分東京にいないようにさせるのだが。

しかし、今の野々村に百万はおろか、十万だって用意できない。麻衣子も怒っているから出すわけがない。

何か手はないものか……。

野々村は、隣で眠っている咲枝を見た。

咲枝は売れっ子のホステスである。引き抜かれて三度も店を移っている。

相当貯《た》め込んでいるはずだ。百万ぐらい、どうということはあるまい。

何とかして出させる方法はないか。

麻衣子に使った、いきなり土下座してみせるという手は、咲枝には通用しないだろう。したたかに世渡りして来た女だ。

野々村が土下座したところで、冷たく、

「勝手にしたら」

とでも言って、さっさと手を切るだろう。

その点、野々村は自分の魅力に幻想は抱いていなかった。

畜生……。いい考えはないだろうか。

野々村はさっぱり眠れなかった。


俺としたことが。

イサミは舌打ちした。

女のバッグを川へ投げ込んだとき、水音がしなかったので、妙だと思ったのだ。しかし、大方聞こえなかっただけだろうと、気にとめなかった。

TVのニュースを見て、イサミは苦々しい思いをしていた。

当然野々村もニュースで知っているだろう。何とか金を引き出さなくては。

あの水谷弥生という女が、イサミの好みのタイプだったことが不運だった。

一緒に飲んで、大分酔ったものの、イサミの誘いをきっぱり断り、すぐタクシーを停《と》めようとした。イサミは弥生を力ずくで脇道へ引きずり込んだ。

停《とま》りかけたタクシーの運転手が、イサミの顔を憶えている可能性もあった。

あくまで抵抗しようとする弥生を、殴って気絶させた。そこまで行ったら、もうとことんやるしかない……。

「まずかったな」

金か女か。どっちか一方にしておくべきだった。しかし、このところ女では当りがなかったので、つい……。

今さら後悔しても遅い。あの女は死んでしまったのだ。

「畜生め……」

伸びをしながら、イサミは呟いた。

もう昼を過ぎていた。——腹が空いていて、イサミは仕度をしてアパートを出た。

もう少しましなマンションにでも引越したかったが、それには金がいる。野々村からの払いを、何が何でももぎ取ってやらなくては。

まとまった金を手に、東京を離れる。——イサミも、自分のことが警察に知れていると分っている。ただ、水谷弥生と直接係りがあるわけではないから、すぐに捜査の手は伸びて来ないだろう。

それでも、警察の力を侮《あなど》ったら悔《くや》むことになると分っていた。

用心だ。まず、金を手に入れる。そして、どこか地方の小さな町に身を隠す……。

近くの定食屋で食事していると、ケータイに野々村からかかって来た。

「とんでもないことをしてくれたな」

と、野々村は言った。

「成り行きさ」

と、イサミは食べながら、「約束は果したぜ。女を別れさせた」

「誰が殺せと言った？　――俺をこんなことに巻き込みやがって！」

「カッカするな。ともかく金を作れ。俺が早く東京を離れられるようにな。お前がぐずぐずして、もし俺が捕まるようなことになったら、お前に頼まれたと言ってやるからな」

「冗談じゃない！　俺は何も……」

「だったら金を用意しろよ。分ったか。用意できたら電話して来い」

そう言って、イサミは切ってしまった。

野々村が臆病で、危い橋を渡る度胸などないことは分っている。イサミを何とか遠ざけようとするだろう。

百万じゃ足りねえな。少なくとも三百万は必要だ。

まあいい。連絡して来たらそう言ってやろう。

「おい、茶をくれ」

イサミは器《うつわ》を下げに来た女の子に言った。

18　救いの手

「どうかなさったんですか？」

めったに、いきなりこんなことは訊かない爽香だが、今日は特別だった。

根津雄一の、あまりに憔悴《しょうすい》し切った様子にびっくりして、つい口から出てしまったのである。

「はあ……。そんなに目立ちますか」

根津の勤める〈K照明〉との打合せがあって、爽香は久保坂あやめと二人、〈K照明〉を訪れていた。

〈K照明〉の入ったビルの一階、ロビーの半分ほどがティーラウンジになっている。

そこで待ち合せていたのだが、根津がなかなか現われず、しびれを切らしたあやめがケータイに電話。

「あ、そうでした……。すぐ行きます」

という根津の声がいやに力なく、

「何だか変でしたよ、根津さん」

と、あやめは言っていた。

しかし、実際やって来た根津を見て、爽香は思わず、

「どうかなさったんですか？」

と訊いたのだった……。

「申し訳ありません。うっかりしていて」

根津はコーヒーを飲んで、少し落ちついた様子だったが……。いざ、仕事の話となると、

「しまった！　肝心の書類を忘れて来ました。すみません！　すぐ取って来ます」

と焦っている。

「根津さん、そのコーヒーを飲み終えてからでいいですよ」

と、爽香に言われて、根津は疲れたように深く息を吐いた。

「――すみません、本当に」

と、くり返し謝って、「実は部下の女性が亡くなりまして……」

「まあ。お若かったんですか」

「二十……八でした。殺されたんです」

「え？」

さすがに爽香たちもびっくりした。

「乱暴された挙句《あげく》、首を絞められ……。僕は彼女の死体を確認させられたんです。すぐには分らなかった。それぐらい、顔が苦しげに歪《ゆが》んでいたんです。どんなに苦しかっただろうと思うと……」

「ニュースで見ました」

と、あやめが言った。「〈K照明〉の方だったんですか」

「水谷弥生といって、よく働いてくれました。――じゃ、すぐ取って来ます」

急いで席を立つと、小走りにエレベーターへ。

爽香とあやめは顔を見合わせた。

「チーフ、今、根津さん、泣いてましたよ」

「そのようね」

と、爽香は肯いた。「その水谷弥生って人と……」

「ただ、上司と部下じゃなかったんでしょうね」

爽香もそう思った。

同時に、根津の妻、麻衣子のことを思い出していた。

夫のあの様子に、麻衣子が気付かないわけがない。――娘の詩織のことを、つい心配してしまう爽香だった。

根津はすぐには戻って来なかった。といって、「早くしろ！」とも言えず、十分近く待つことになった。

やっと戻って来た根津は、

「お恥ずかしいです……」

と、ファイルを手に詫《わ》びた。

なぜ十分近くもかかったのか、赤く充血した目を見れば明らかだった。泣いていたのだ。

「根津さん、大丈夫ですか？」

と、爽香は言った。「別の日にしてもよろしいですよ。二、三日の内なら……」

「いや、もう……。もう大丈夫です」

と、根津は自分へ言い聞かせるように言った。

「お辛かったんですね」

爽香の穏やかな言葉に打たれたように、

「お分りでしょう」

と、根津は言った。「水谷弥生君とは……特別の仲でした。その彼女の死体を見せられて……。ショックで立ち直れなかったんです」

「根津さんのプライベートに立ち入るつもりはありません。ただ、そういう様子で帰宅

されたら、詩織ちゃんがどう思うか。もう十歳ですもの。色んなことが分る年齢ですよ」

と、爽香は言った。

「おっしゃる通りです。いや、帰宅時まで引張ってはいません。女房は——まあ、あいつは大して気にしないでしょうが」

「麻衣子さんはご存じなんですか?」

「帰宅してから、白状しました。麻衣子は……そう大して驚いていなかったな」

根津は苦笑して、「たぶんあいつは知っていたんでしょう。しかし、あいつだって……」

「麻衣子さんが何か?」

と、爽香が訊く。

「いや、たぶんあいつも……。まあ証拠があれば、とっくに別れていたかもしれません」

と、根津は言った。

あの男だ、と爽香は思った。

麻衣子が旅館で宿泊費を代りに払ってやっていた男。直感的に、爽香はその男に違いないと思っていた。

珍しく、その思いが表情に出たらしい。根津も、いつもなら気に止めないのだろうが、

「杉原さん。――何か思い当ることがあるんですか？」

と訊いていた。

爽香はあわてて、

「いえ、別に」

と、首を振ったが、

「何か知っておいでなんですね。教えて下さい！」

と、根津は必死の表情で訊いた。

「それは……そうはっきりとは……」

爽香も、根津の哀れな姿を見ると、そうたやすく突っぱねるわけにもいかなかった。

「あの……この間のキャンプのときです」

と、仕方なく、自分が旅館で見かけたことを話してやった。「でも、だからといって、その人と奥様が――」

「分りました」

根津は肯いた。「いや、もちろん、おっしゃることはよく分ります。しかし、たぶんその男でしょう。このところ、女房の金づかいが荒くなっているんです。こちらも後ろめたい気持があったので、問い詰めませんでしたが……。そうです。はっきり訊いてや

ります」

「根津さん、そう決めつけないで下さいね」

と、爽香は付け加えて、「で、仕事の話ですが……」


時間がなかった。

イサミはいつになく焦っていた。

やはり、水谷弥生が乗ろうとしたタクシーの運転手が、イサミの顔を見ていたのだ。

TVで、殺された女の写真を見て、警察へ連絡した。

おおよその体つきや年齢、顔立ちから、警察が前科のある男の写真を見せ、その中にイサミが入っていたのだ。運転手は、

「この男だと思う」

と証言した。

イサミの立ち回り先に、すぐ手配が行って、アパートにも帰れなくなった。昔なじみの女が、「刑事が来た」と知らせてくれたので、何とか無事だったが……。

野々村へ電話したが、出ない。

「畜生……」

おそらく、野々村を脅しても金はないだろう。それなら……。

麻衣子は買物に出ようとしていた。

野々村のことを考えると苛々《いらいら》するが、といって、どうにもできない。

「でも……大丈夫。そうよ」

と、自分へ言い聞かせた。「あの事件と私は何の関係もないんだもの……」

水谷弥生は可哀そうなことをしたと思う。しかし、夫がひどくショックを受けている様子を見て、麻衣子もショックだった。

そんなに本気になっていたの?

そう訊いてやりたかったが、下手なことを言って、却って自分が危うくなっても困る。

仕方ない。放っておこう。

時がたてば、夫も忘れるだろう。

「もう行かないと……」

スーパーまで行くのも面倒だったが、冷蔵庫が空に近い。夕食は用意しなくては。

麻衣子は車のキーを持って家を出た。

まとめて買うには、車でないと……。

車を見ると、水谷弥生のことを思い出してしまうが、そんなことをいつまでも気にしてはいられない。

麻衣子は車のドアを開けて、バッグを助手席に置くと、乗ろうとした。

突然、どこから現われたのか、男が麻衣子の腕をぐいとつかんだのである。

「キャッ！」

と、思わず声を上げた。

「静かにしろ」

と、その男は言った。「大声を出すな。いいか」

まだ若い男だ。しかし、どこか気味の悪い雰囲気を漂わせていた。

「何ですか、あなた？」

「俺はあんたの恋人の友人さ」

「何ですって？」

「野々村とは長い付合なんだ」

野々村と……。瞬間的に、麻衣子は悟った。

水谷弥生を殺した男なのだ。

「真青《まつさお》になってるぜ」

と、男は面白そうに、「分ったようだな。俺が誰で、何をしたか」

「いえ……。知りません……」

「嘘は良くないぜ。俺は正直な人間だ。イサミって名で通ってる。野々村に頼まれて、水谷弥生をやっちまった」

「あなたが……」

「ああ。あの女は好みのタイプでね。——そういや、あんたも嫌いなタイプじゃねえな」

「やめて……」

麻衣子は身を縮めた。

「心配するな。俺もそんな時間はねえんだ。金がいる。——出してもらおう」

「お金……ですか」

「殺されるよりいいだろ?」

「もちろん! でも……」

「家に戻って、銀行から金を引き出せるように、通帳と印鑑を取って来な。ついてってやる」

イサミという男は落ちついていた。少なくとも、人を殺した男には思えない。

しかし、本当なのだろう。

「野々村は金なんか持ってないだろう。あんたが頼りだ。さあ、家へ入ろう」

イサミは、しっかり麻衣子の腕をつかんでいた。

逃げられない。——言われた通りにするしかなかった。

家へ入ると、寝室のキャビネットから、通帳と印鑑を取り出す。

「いくらある?」

と、イサミが訊いた。

「すぐ引き出せるのは……せいぜい二百万ぐらいです。後は定期とか……」

「解約しろ」

「でも、すぐには無理です。怪しまれてしまうし……」

「二百万じゃ、どこへも行けねえ。ともかく、今、おろせるだけおろせ。後は解約してから持って来い」

麻衣子は肯いた。下手に逆らえば、殺されるかもしれない……。

麻衣子は車を運転して、家を出た。イサミは助手席に座っている。

銀行へ着くのは、三時ぎりぎりになるだろう。イサミがジロッと麻衣子をにらんで、

「急げよ」

と言った。

そのとき――家から数十メートルしか行かないところで、向うから詩織がやって来るのが見えたのである。麻衣子は息を呑んで、思わずブレーキを踏んでしまった。

「おい! 何してる!」

と、イサミは苛々と言ったが、正面からやって来た小学生の女の子が、

「あ、お母さん！」

と、麻衣子に手を振るのを見て、

「娘か」

と、麻衣子を見た。「よし、一緒に行こうじゃないか。乗せろ」

「そんな……。やめて下さい！　あの子を巻き込まないで」

「言われた通りにしろ」

詩織が車の横に来て、

「どこ行くの？」

と訊いた。

イサミは、運転席の側の窓を下ろして、

「やあ。お母さんの友達なんだ」

と言った。「これから銀行に行って、その後買物をするんだよ。一緒に来ないか？」

「うん！　後ろに乗るよ」

詩織はさっさとドアを開けて後ろに乗り込んだ。

どうすることもできない。――麻衣子は車を出した。

19　銀行

午後三時までにあと五分、というところで、何とか麻衣子は車を銀行の近くに停めた。

「急いで行って来な」

と、イサミは言った。「俺はこの子と遊んでる。なあ、いいだろ？」

詩織は、イサミのことが気に入ったようで、

「ね、そこでソフトクリーム、食べたい」

と言った。

「詩織、だめよ」

「いいじゃないか。よし、俺もソフトクリームにしよう。二人で食べながら待ってような」

「うん！」

麻衣子は、イサミが詩織と手をつないで、向いのアイスクリームの店に入って行くのを見送るしかなかった。

「銀行が閉るわ」

麻衣子は急いで銀行へと向った。

銀行の中は、公共料金の支払いなどで待っている客がずいぶんいた。

麻衣子は通帳に印字して、残高を調べると、今引き出せる額を見た。

二百万が精一杯だ。――ともかく、詩織があの男と一緒にいる。早く現金を渡して、一旦家へ帰らなくては。先のことはその後に考えよう。

伝票に記入し、窓口へ出すと、長椅子にかけて待つことにした。

ジーッと音がして、正面のシャッターが下り始めた。店内にいる客は裏の出入口から帰ることになる。

詩織が人殺しと二人でいる。そう考えると、さすがに焦りばかりつのって来る。

早く！　早くしてちょうだい！

いつの間にか握りしめたてのひらに、じっとりと汗がにじんでいた。

「――根津様」

と呼ばれて、飛び立つように立ち上ると、窓口へ急いだ。

しかし、麻衣子は途中で男性の行員に呼び止められた。

「根津様でいらっしゃいますか？」

「え？　――ええ、そうですよ」

「ちょっとこちらでお話を」

と、腕に手をかけられて、麻衣子は苛々と振り払った。

「何なのよ？　今、呼ばれたから――」

「さようです。ちょっとお話を伺いたくて、お呼びしました。こちらへどうぞ」

言葉はていねいだが、譲りそうもない気配だった。仕方なく、麻衣子は男について、店の隅に仕切られた椅子の所へ行った。

「急ぐんですよ。何のご用？」

「よく承知しております。奥様――でいらっしゃいますね」

「ええ、そうよ」

「二百万を引き出されるということですが、何にお使いですか？」

やっと分った。麻衣子がいわゆる〈オレオレ詐欺〉に引っかかっているのではないかと疑っているのだ。

麻衣子は、おかしくて笑いそうになった。詐欺ではないが、もっと大変なこと――殺人に係っているのだ。銀行員も、まさかそんなこととは思うまい。

「分りました。私が例の詐欺に引っかかってるんじゃないかと思ってるのね。そんなんじゃないの。ただ、急いでお金が必要なことがあるのよ」

麻衣子はできるだけ軽い口調で言った。下手に疑われたら、あのイサミという男に金を渡すのがどんどん遅れてしまう。

「さようでございますか。で、どういうことにお使いですか？」

「そんなこと……。あなたに関係ないでしょ。人にはプライバシーってものがあるのよ。知らないの？」

「よく分っております」

「だったら、余計なこと言ってないで、早くお金を出してちょうだい。私のお金よ。何に使おうが私の勝手でしょ」

つい苛立ちが声に出てしまう。

「奥様、ご主人様にこの場でお電話していただけませんか？　そうすれば、私どもも安心して、現金をお渡しできます」

「主人は忙しいんです。仕事中にこんなことで電話できません」

と、麻衣子ははねつけた。

「でしたら、私どもがお電話さしあげましょう。事情をご説明して——」

「いい加減にして！」

と、麻衣子は思わず声を上げていた。「客を何だと思ってるの？」

店に残っていた客が、一斉に麻衣子の方を見た。

「どうしたんだ？」

声を聞きつけて、奥から年輩の男性がやって来た。

「この人が、あんまりわけの分らないことを言うから、つい……」

と、麻衣子は何とか声を抑えた。

「ああ、根津様の奥様ですね」

と、その上司らしい男性は麻衣子を知っていたようで、「以前、営業でお伺いした者です。その節は……」

「ああ、どうも」

正直、麻衣子は全く憶えていなかったが、知っているかのように、「良かったわ、いて下さって。何とかしてちょうだい」

「かしこまりました。おい、この方は大丈夫だから」

そう言われた行員は不満げに、

「ですが、マニュアルでは――」

「いいから。古いお客様だ。――恐れ入ります。少しお待ち下さい」

「できるだけ急いでね」

麻衣子は安堵した。背中を汗が伝い落ちて行った。

「あら、珍しい」

店へ入って来た男を見て、咲枝は懐しそうに、「松下さんじゃない」

「ああ。——咲枝か？　今、ここにいるのか」

松下は店の中を見回して、「出世したもんだな。店を二つめまで移ったのは知ってたが……」

「引抜かれたって言えば聞こえはいいけど、前いた店はいつ潰《つぶ》れるかってところでね。——私がいるって聞いて来たわけじゃないのね？　残念だわ」

「義経《よしつね》の八艘《はっそう》飛びみたいに、あちこち飛び回ってるホステスを追いかけていられるか」

と、松下は言って、「ちょうど良かった。店はまだ開いてないのか？」

「あと少し。でも、いいわよ。奥へ入って」

と、咲枝は松下を奥のテーブルに案内して、「何か飲む？」

「うん。水割りでいい。——この店に、この男が来ないか？」

松下はケータイを取り出して写真を画面に出した。

「まだ人捜しの商売をやってるの？」

と、咲枝は写真を見て、「あら」

「知ってるのか」

「野々村でしょ、知ってるどころか……」

と、咲枝は顔をしかめて、「何かまずいことでも？」

「頼まれて調べてる。いい仲なのか」

「ちっとも良かないわよ。年に一、二度遊んでたけど、ともかくホテル代も食事も全部こっち持ち。しかも、お金を貸してくれって。つい昨日よ」

「昨日だって？　何に使う金か、言ってたか？」

「言いやしないわよ。どうせろくでもないことでしょ。いきなり、『三百万ないと、命が危いんだ』って、大げさなこと言うから、『じゃ、死ねば？』って言ってやって、電話切っちゃった」

「そうか……」

松下はグラスを手に取ると、「そいつは本当に追いつめられてるのかもしれないな」

「へえ。野々村が何かやらかしたわけ？」

松下は、爽香から根津雄一の恋人だった水谷弥生が殺されたことを聞いていた。根津の妻、麻衣子が野々村と浮気しているらしいということも。

そうなると、野々村が水谷弥生殺しと係っている可能性も出てくる。

「なあ」

と、松下は咲枝に言った。「お前は、色んな男を見て来た。野々村って男、お前から見て、どの程度、悪いことをやれそうだ？」

咲枝はちょっと当惑した様子だったが、

「そうね……。大したことはやれないわ。だから、女の財布をあてにして生きてられる。野心のある男なら、プライドも持ってるわ」

「そうか。じゃ、女を殺すなんてことは……」

「殺す？　とんでもない。荒っぽいことはてんでできない男よ」

と、咲枝は即座に言って、「ね、殺人事件と係ってるの？　本当に？」

「かもしれないって話だがな」

「冗談じゃない！　そんなことで私の名前でも出たら、私、お店にいられなくなるわ」

咲枝は松下の腕をつかんで、「ね、松下さん、あんた警察にも顔が利《き》くんでしょ？

私の名が出ないように頼んでよ」

「おい待て。何もそうと決ったわけじゃない」

「でも、そうと分ってからじゃ遅過ぎるでしょ？」

「そうだな……」

松下は考え込んでいたが、「――なあ、野々村に連絡できるか？」

「私が？　そりゃできるけど……。どうして？」

「野々村を早く見付けた方がいい。他の人間が奴のケータイにかけても、出ないだろう。

しかし、お前なら、きっと出る」

「かもしれないけど……。かけて、何て言うの？」

「お金を都合してあげてもいい、と言ってくれ。いや、本当に出すことはない。しかし、そう言えば、きっと食いついて来るだろう」

「そうね。でも……」

「待ち合せの時間と場所を決めろ。俺が代りにそこへ行く」

「私は行かなくてもいいのね?」

「後で、もし野々村が逮捕されても、お前が協力してくれたことを刑事へ話しておいてやる。どうだ?」

咲枝は、それでも少しためらっていた。できることなら、警察と係ることは避けたい。しかし、どうしても係らざるを得ないとなれば、松下を信じて任せた方がいいと思った。

「——分ったわ」

と、咲枝は肯いて、「待ち合せ、どこがいいかしら?」


「英子さんじゃないか」

よく通る声が、TVスタジオの中に響いた。

栗崎英子は、それが誰だったか、すぐには分らなかったが、それでも「昔知っていた誰か」であることは分っていた。

「いや、もう僕のことは憶えてないだろうね」

スタジオの隅で椅子にかけていた英子の方へ、白髪の老人がやって来た。英子とそう違わない年齢かと思えたが、姿勢が良くて、背筋がシャンと伸びているので、若々しく見える。

「あなた……」

このよく通る声は、舞台できたえたものに違いない。とすると、演劇が本業の——。

「ああ、長崎《ながさき》君ね！」

「思い出してくれたか！　いや、嬉しいな」

英子は、長崎宏三《こうぞう》の手を握って、

「元気そうね。このドラマに？」

「まあ、ワンシーンだけ。老人ホームのシーンでね。当然だよな」

英子は、やって来たマネージャーの山本しのぶに、

「しのぶちゃん。以前映画で何度か共演した長崎宏三君よ。——もう、いくつになった？」

「英子さんより大分若いよ。今、ちょうど八十だ」

「こんな年齢になったら、五つや六つ、大した違いじゃないわよ」

と、英子は笑って言った。「まだ劇団にいるの？」

「一応は最長老だからね。しかし、舞台に立つのはもう無理だ。三年前に心臓を悪くして死にかけてね」

「あらあら。――TVにはよく出てる？　あんまりTVを見ないから」

「いや、八十の年寄りの役なんか、めったにないからね。せいぜいあっても、今日みたいにワンシーンだけだ」

「もったいないわね、いい芝居のできる人なのに」

しのぶが、空いていた椅子を一つ持って来て英子の隣に置いた。

「ありがとう。――邪魔じゃないか？」

「ちっとも。どうせ出番までここで座ってなきゃいけないし、セリフは頭に入ってる」

「大したもんだな。大女優、ここにあり、って感じだ」

と、長崎は言った。

「結構忙しいのよ」

「知ってるよ。よくTVでも見るし、映画だって出てるだろう？」

「忙しいのが性に合ってるのね」

「そうだ、それに……」

長崎は少し考えて、「何か事件に巻き込まれそうになったんじゃないか？　週刊誌で読んだよ」

「ああ、〈カルメン・レミ〉って女のことでしょ」

「そうそう。刺されそうになったって？　八十過ぎて、まだ恨まれるってだけでも凄いよ」

「変なことに感心しないで」

と、英子は苦笑した。「向うが勝手に誤解して恨んでるのよ。〈カルメン・レミ〉って、本名は如月マリアっていうの」

「如月？」

「憶えてる？　如月姫香って女優がいたの」

「ああ、憶えてるよ。割合早く引退しちゃったろ？」

「それが、私が映画の世界から追い出したって、恨んでたらしいの。如月マリアは彼女の娘でね。母親の恨みを晴らそうとして……」

「へえ！　とんでもない奴がいるもんだな。――如月姫香か。もういくつぐらいになるんだ？」

「如月姫香は大分前に死んでるの。それで娘が……」

「如月姫香が死んだ？　――いや、生きてるぜ」

「何ですって？」

「大分前に死んだってことは、少なくともないよ。この前、劇団の同期の奴が会ったたって言ってたもの」

「本当？」

「うん。せいぜい一年前くらいだ。映画で共演したことがあったから、憶えてたって」

「如月姫香が生きてた……」

英子は呟くように言った。

そこへＡＤがやって来て、

「栗崎さん、お願いします」

と、声をかけた。

「ちょっと待って」

英子はしのぶの方へ、「私のケータイ、出して」

と言った。

20 契約

「こういう施設は、まず実用的であることを第一に考えるべきだと思います」

と、爽香は言った。「散歩するための遊歩道です。特にこれからはマンションの住人も高齢化していくと思わなければなりません。遊歩道に斜面を作るのは避けるべきです」

「斜面と言うほどの傾斜じゃありません」

と、反論したのは、三十代半ばのデザイナーで、「平面にすると、見通しが悪くなって、デザイン的にも面白みがなくなってしまいます」

「デザインの重要性は認めますが」

と、爽香は言った。「七十代、八十代の方にとって、足下がわずかでも傾いていると、体のバランスを失うことがあるんです。特に見た目に分らないくらいの傾斜は、予期されない分、危険です。平らだと思って歩いて来て、急に斜めになったら、必ず転倒する方が出ます」

若手の庭園デザイナーとして名の知れ始めている男は、爽香をちょっと小馬鹿にしたように眺めると、

「杉原さんは、ご自分が七十代なんですか？　それにしては若く見えますが」

と言った。

爽香はちょっとムッとしたが、いちいち怒っていては話が進まない。特にこのデザイナーは、〈M地所〉の幹部の紹介である。計画から外すわけにいかなかった。

「若く見て下さってどうも」

と、爽香は微笑んで、「ただ、私はいつか自分が七十、八十になることを知っているだけです」

会議室へ、久保坂あやめが入って来た。

「チーフ、すみません」

あやめが打合せ中に入って来ることはめったにない。よほどのことだろう。

「少し休憩しよう」

と、田端が言った。

爽香は会議室を出ると、あやめからケータイを受け取った。

「栗崎様からです」

「ありがとう。――栗崎様、お待たせして申し訳ありません。――え？　それは確かで

すか」

爽香は話を聞くと、すぐに切って、松下へかけた。

「こっちも連絡しようと思ってたんだ」

と、松下が言った。

「如月姫香が生きてるって」

「何だと？〈カルメン・レミ〉の母親が？」

爽香が手短に説明すると、「――分った。捜してみよう」

「よろしく。そっちの連絡って何ですか？」

「例の野々村だ。どうも怪しい。水谷弥生を殺した奴を知ってるんじゃないかと思う」

「まあ。それじゃ警察に――」

「野々村をちょっと脅して、訊き出してからだ。こっちも事情があってな」

「用心して下さいね」

「ああ、分ってる」

爽香は通話を切った。

「チーフ、また危いことに……」

と、あやめは不機嫌である。

「仕方ないわよ。でも――根津さんが野々村と付合ってるとしたら、かなり問題ね」

しかし、今はそこまで手が回らない。

「打合せ、どうですか？」

「デザイナーさんはあくまで見た目にこだわるからね」

と、爽香は首を左右へ傾けて、肩を叩きながら、「仕方ないわ。そのための打合せだもの。でも、中途半端な妥協はしない」

デザイナーの意見を通して、もしけが人が出たら、その責任を問われるのは設計に当った〈G興産〉だ。

あくまでソフトに、しかし一歩も引かない決意で当るしかない。

「あやめちゃん、もしケータイにかかって来たら、話を聞いてから判断して声をかけて」

「分りました」

爽香は一つ深呼吸すると、会議室へ戻って行った。


あなた……。早く帰って来て！

根津麻衣子は、じっとりと汗のにじむ手を、何度もスカートで拭った。

「やあ、また負けた！」

「だめだなあ！　お兄ちゃん、弱いね！」

居間からは、明るい声が聞こえてくる。

何てことだろう。——詩織は今、殺人者とTVゲームをして遊んでいるのだ。

銀行でおろした二百万を渡したが、イサミという男は麻衣子たちを解放してはくれなかった。

野々村に小切手で三百万渡してしまって、すぐに引出せるお金はほとんど残っていない。しかし、イサミは平然と、

「じゃ、明日まで一緒にいてやるよ」

と言ったのだ。

麻衣子はケータイを取り上げられ、夫に連絡することもできなかった。

しかも、詩織がイサミにすっかりなついてしまって、手をつないで買物に歩く始末。

イサミは、自分の服を買って、試着室で着替えると、詩織のワンピースまで選んでやり、

「じゃ、せっかく出て来たんだ。詩織ちゃんの好きなものを食べて帰ろう」

と、夕食まで三人で食べることになってしまった……。

帰宅すると、イサミは詩織の好きなゲームを「やろう」と言い出した。

かれこれ、もう一時間もやっている。

麻衣子は、詩織がそばにいる以上、何もできず、ただ台所で座っているだけだった。

そのときケータイの鳴るのが聞こえた。

「——何だ？」

イサミが台所の方へやって来て、「——金ができる？　本当か？　——よし分った。あと一時間だな」

ああ……。やっと出て行ってくれる。

麻衣子はホッとした。しかし、イサミは通話を切ると、

「野々村からだ」

と言った。「なじみのホステスが金を貸してくれるそうだ」

「そうですか……」

「少しでも現金があった方が助かる。これから野々村がその女と会うそうだから、俺も行って、すぐこっちへもらうことにする」

と、イサミは言った。「おい、車のキーを出せ。車、借りるぜ」

「どうぞ」

麻衣子はキーを渡した。「ガソリンは入れたばかりです」

「ああ」

イサミは居間へ戻って行った。

「もう帰るの？」

と、詩織が訊く。

「お兄ちゃんはご用があるのよ」

と、麻衣子は言った。

「そうだ。これからドライブするぜ。一緒に行くか」

イサミの言葉に、麻衣子は青ざめた。

「お願い――」

「うん！　行く！」

詩織はパッと立ち上って、イサミと手をつないだ。

「ママには留守番しといてもらおうな」

イサミは鋭い視線を麻衣子へ向けて、「分ったな」

「でも……私が代りに……」

止める間もなかった。イサミは詩織の手を引いて、さっさと出て行ってしまったのだ。

麻衣子は玄関でペタッと座り込んで、動けなかった……。


夜とはいえ、公園の中はかなり明るく、春の夜で人も少なくなかった。

散歩道に沿って、妙な形のオブジェが並んでいる。その三番目のオブジェの前。

――松下は少し離れたベンチで、ハンバーガーをかじりながら、野々村が現われるのを待っていた。

約束の時間より十五分も早く、野々村がせかせかとやって来た。そしてオブジェの前で腕時計を見ている。

声をかけようかと思ったが、松下の長年の直感で、もしかしたら、と……。

その直感は当った。

約束の五分前、長身の男が一人、女の子の手を引いて現われ、野々村に話しかけたのである。

あれはまともな男ではない。松下にはすぐ分った。危険な雰囲気を漂わせている。

しかし、連れている女の子は誰だ？

松下はケータイで爽香へかけた。

「今、野々村が公園にいる」

と、松下は簡潔に言った。「他に男が来た。女の子を連れてる」

「女の子？　松下さん、写真撮れます？」

「待ってろ」

松下はその男と女の子を撮って、爽香のケータイへ送った。

「――詩織ちゃんだわ！」

「知ってる子か」

「根津さんの娘。どうしてそんな所に……」

「奴がきっと水谷弥生殺しの犯人だろう。金が入るというんで、やって来たんだ」

「松下さん。もうそうなったら……」

「分ってる。すぐ警察へ連絡する」

「私もそっちへ行きます」

「危いぞ」

「詩織ちゃんが心配。すぐ出ます」

早口に言って切る。

松下は顔見知りの刑事へかけて、すぐ公園の周囲を手配しろと話した。


「もう来てもいいな」

と、野々村はキョロキョロと周囲を見回した。

「ね」

と、詩織が言った。「トイレに行きたい」

「ああ。そっちにあったな。行こう」

イサミは詩織の手を引いて、公園の入口近くのトイレへと歩いて行った。

「──もう時間だぞ」

野々村はケータイで咲枝へかけてみたが、出ない。

おい……。ちゃんと持って来てくれよ。イサミの奴を怒らせると大変だ。

祈るような思いで、通りかかる男女へチラチラと目をやっていたが……。

イサミが戻って来た。一人だ。

「おい、女の子はどうした？」

と、野々村は声をかけた。

あの子が麻衣子の娘だと聞いて、野々村はイサミのやることが分らなくなっていた。

「イサミ……。どうかしたのか？」

イサミは妙にフラフラしていた。

足がもつれそうだ。

「おい……」

と、野々村が言いかけると、

「畜生！」

と、イサミがひと言言って、突っ伏すように倒れた。

「イサミ！」

駆け寄った野々村は、イサミの背中に広がって行く血のしみに気付いて愕然とした。

「どうしたんだ！　おい！」

死んだ？　──殺されたのか？

こんなことが……。

そこへ駆けつけて来たのは松下だった。

「どうした！」

松下はイサミの手首を取って、「──死んでる。女の子は？」

「え……。あ……そっちのトイレに……」

と、野々村はオロオロしながら言った。

松下はトイレへと走った。

公園の外に車が急停止した。刑事だ。

「中だ！」

松下は刑事へ叫んだ。

しかし、詩織の姿は消えていた。

──爽香が駆けつけたのは、三十分後のことだった。

「詩織ちゃんがいない？」

松下の話を聞いて、爽香は青ざめた。「でも一体誰が……」

「分らん。野々村は、あの若い男が水谷弥生を殺したと認めてる」

「でも、その犯人が刺されて、詩織ちゃんが連れ去られた？　どういうこと？」

爽香は首を振って、「ともかく、根津さんに知らせないと……」

気は重かったが、爽香はケータイを手に取った。

21　交換条件

居間の電話が鳴った。

根津麻衣子は急いで受話器を上げた。

「もしもし!」

「根津さん?　杉原です」

「あ……。どうも」

「ケータイへかけたら、他の所で鳴り出して」

と、爽香は言った。「麻衣子さん、イサミって男を――」

「詩織は?　あの子は無事ですか!」

と、麻衣子は震える声で訊いた。

「落ちついて聞いて下さい」

と、爽香は言った。

爽香が状況を説明すると、麻衣子は血の気がひいて、床に座り込んでしまった。

「野々村という男が、イサミに水谷弥生さんを脅すように依頼したと話しています」

と、爽香は言った。「でも、そのイサミが殺されて、誰かが詩織ちゃんを連れ去ったんです。麻衣子さん、心当りは？」

「そんな……。見当もつきません」

麻衣子は呆然として、「ああ……。お願い！　あの子を助けて下さい！」

「手を尽くしていますよ。それで、刑事さんが事情を訊きたいということで、今お宅へ向っています。――初めからきちんと説明して下さい。いいですね」

「ええ……。詩織はどこに……」

「何か分ったらすぐご連絡します。ご主人には？」

「いいえ、何も……」

「そっちへ向った刑事さんが、あなたのケータイを持っています。ご主人にも連絡して下さい」

「分りました……」

力なく言って、麻衣子は受話器を置いた。

――ふと気が付くと、居間の入口に誰かが立っていた。

「あなたは……」

「話は分ってるようですね」

と、その女は言った。

「あなた……安田さん……」

キャンプで泊った旅館の仲居、安田亜里だった。

麻衣子はわけが分らず、

「どうしてあなたがここへ？」

と言った。

「簡単です」

と、安田亜里は言った。「私が詩織ちゃんを預かっているから」

「――何ですって？」

「大丈夫。詩織ちゃんは元気にしていますよ。あなたが頼みを聞いてくれれば」

穏やかな笑みを浮かべてはいるが、そこにいるのは仲居の安田亜里ではない、全く別の女だった。

「あなたは……何者なの？」

と、麻衣子は訊いた。

「詩織ちゃんの命の恩人ですよ。あのイサミとかいう人殺しから救い出したんですからね」

「あなたが？」

「ええ。イサミを殺してね」

と、安田亜里は言った。

「殺して……。どういう人なの？　詩織を返してちょうだい！」

「返しますよ。でもね、私も頼まれた仕事があるんです。あなたにそれを手伝っていただきたいの」

「私に……何をしろと？」

「難しいことじゃありません。ともかく、こっちへ刑事が向っているでしょうから、まずここを出ましょう。こちらも、そうのんびりしていられないのでね」

麻衣子は、わけが分らないままだったが、ともかく今はその女の言う通りにするしかなかった。詩織の命がかかっている。

仕度をして家を出ると、表に車が停っていた。レンタカーだ。

「詩織は……」

「ご心配なく。ちゃんと清潔な布団で寝てますよ」

と、運転席にかけて、「一流の仲居としては、布団が汚れてるなんて、許せないですからね」

麻衣子は助手席に座った。今は女の言葉を信じるしかない。

車が走り出すと、すぐにパトカーとすれ違った。

「間一髪《かんいっぱつ》でしたね」

と、女はニッコリ笑った。

「どこへ行くの？」

「杉原爽香さんのお宅です」

「杉原さんの？　どうして……」

「知る必要はありません。あなたは、詩織ちゃんが無事に戻ってくれれば、それでいいんでしょう？」

「もちろん」

「だったら、何も訊かないで。そして、私の言う通りにしていれば、大丈夫」

——麻衣子は口をつぐんだ。

もちろん、このままですまないことは分っている。野々村を通して、水谷弥生を脅そうとしたことは知られている。

殺してくれと頼んだわけではない。だが、罪に問われることにはなるだろう。

そして、夫が、そのことをどう思うか。——でも、今はそんなこと、どうでもいい。

詩織さえ無事なら……。

麻衣子は膝の上で固く手を握り合せていた……。

「ええ、今帰るところ」

と、爽香は言った。「ごめんなさい。何か珠実ちゃんと食べておいてくれる?」

「分った」

ケータイに出た明男が言って、「ちょっと待て。おい、珠実」

向うで「打合せ」をしているようだったが、「――どうしても一緒に食べたいとさ」

「あら。でも三十分くらいかかるわ」

「じゃあ……駅前の中華で先に食べてる、ってことにするか」

「あ、そうね。そうしてちょうだい」

と、爽香は言った。「駅前なら、二十分もあれば行けるわ。ギョーザやシューマイ、頼んで食べてて」

「ああ。珠実は大喜びだろ」

と、明男は笑って言った。

「じゃあ、お店で」

ケータイを切ると、

「おい、送ろうか」

と、松下が声をかけた。

「でも、悪いですよ」

「なに、もうこっちも用は済んだ」

公園の中では、まだ検証が行われている。

爽香は、もちろん根津詩織のことも心配だったが、家では珠実が待っているので、一旦帰ることにしたのだった。

「あの野々村って奴がペラペラしゃべるだろう」

と、松下が車を出しながら言った。

「——子供を巻き込むなんて。でも、誰なんでしょう」

車の助手席に座った爽香は、ため息をついた。

「あのイサミって男も、そう簡単にやられるような奴じゃないと思うんだが」

と、松下が言った。

「油断してたってことですね」

「おそらくな」

車が赤信号で停ると、夜、この辺を走っている素人のランナーが何人か車の前を横切って行った。

「女の方が多いな」

と、松下が言った。「体力でも、その内、男は女に負けるぜ」

「そうですね……」

と、爽香は微笑んだが……。

車が走り出すと、

「松下さん」

「何だ？」

「あのイサミが刺されたのは、公園のトイレですね」

「そうだ」

「トイレから戻ろうとして倒れた……。刺されたのはどこでした？」

「だから――」

「詩織ちゃんはもう十歳ですから、女子トイレの方へ入ったでしょう。イサミは女子トイレの前で待っていて……」

「ああ。血痕は女子トイレの入口の所にあった」

と言って、松下はチラッと爽香を見た。「おい、お前の言うのは……」

「可能性の問題です」

と、爽香は言った。「イサミが女子トイレの入口で立っていて、もし女がトイレに入ろうとするか、それとも中から出て来たとしても、イサミは用心しなかったでしょう」

「やったのは女か？　その女の子も連れ出したわけだしな」

「女とは限りません。でも男とも限らない、とは言えませんか？」

「確かにな」

と、松下は肯いた。「だてに殺人事件に係って来てないな、お前は」

「からかわないで下さい」

と、爽香は苦笑した。

松下が車を道の端へ寄せて停めると、

「連絡した刑事に言っとこう」

と、ケータイを取り出した。「つい、男を捜してるだろうからな」

「私が言ったって言わないで下さいね。松下さんの思い付きだってことに」

刑事に限らないが、男というもの、全般に「女の意見」をまともに取り上げない傾向がある。長年仕事をして来ての、爽香の実感だった。

松下がケータイを切ると、

「やはり、『小さな女の子を連れた男』を捜せと指示していたそうだ。今から変更しても遅いだろうがな」

「でも、どこで誰が見かけているか分りませんから」

車が再び走り出すと、爽香は続けて、「詩織ちゃんはしっかりした子です。十歳にもなれば、何が起ったか分るでしょう。犯人も、十歳の女の子を連れ歩くのは厄介なはずです」

「危険があるってことか」

「そうでないことを祈りますけど……。でもイサミのような男を殺すくらいですから、何か目的を持って行動してるはずです。もし——子供を殺したりすれば、自分の首を絞めるようなものだと分っているでしょう」

「しかし、十歳の子は目撃者として証言できる」

「そうです」

爽香は重苦しい表情で肯くと、「ただ——犯人の目的が何なのか。危険を承知で、詩織ちゃんを連れ出したってことは……」

爽香はじっと前方を見つめていた。

「脅迫だわ。——詩織ちゃんを手中にしていることで、誰かに言うことを聞かせようとしてる」

松下のケータイが鳴った。

「出てくれ」

「ええ。——もしもし」

爽香は松下のケータイを手に取って出た。

「——杉原です。松下さん、今運転中で。——え？　留守だった？」

爽香は松下を見て、

「根津さんの家、誰もいなかったそうです」

「そいつは……」

「ご主人と連絡ついたそうですけど、何も知らないと。──私、麻衣子さんに、警察が行くと言っておいたのに」

「いなくなってるってことは……」

「私が電話してから、警察が着くまでの間に、犯人が麻衣子さんを呼び出したんだわ」

と、爽香は言った。

「そうらしいな」

「誰かが見かけてたりしたらいいけど……。でも、捜しようがないわね」

爽香は息をついて、「──どうして、いつもこんなことにばっかり巻き込まれるんだろ……」

松下は、

「駅前でいいのか？」

と訊いた。

「ええ。すみません。──松下さん、一緒に食べて行きませんか？」

「俺が？　邪魔じゃないか」

「ちっとも！」

爽香としても、松下がいてくれた方が、詩織のことを心配するにしても、いくらか気が紛れる。

松下もそう察したのだろう、車を中華の店のスペースに入れて、一緒に店に入った。

「お母さん！」

珠実が手を振って、「もうギョーザも食べちゃった」

「あ、お母さんに取っといてくれなかったんだ。意地悪ね」

「お母さん、もう一皿取って。私、半分もらうから」

松下が笑って、

「かなわないな、子供には」

「爽香――」

明男は爽香の表情を見て、何かあったのだと気付いていた。

「後で」

と、ひと言。

「分った。――松下さん、料理を頼みましょう」

明男がメニューをもらって、広げる。

注文を済ますと、珠実が、

「トイレに行ってくる」

と、席を立った。

「ついてってあげる」

と、爽香はすぐ立ち上った。

「一人で行けるよ」

「分ってるけど、お母さんも行きたいの」

詩織が公園のトイレから連れ去られたことを思うと、一人にしたくなかった。

その間に、松下が状況を明男へ話しておいてくれるだろう。

爽香が先にトイレを出て待っていると、何かのパーティの帰りか、華やかな柄の和服の中年女性がやって来た。珠実が手を洗って出て来るのと入れ違って、

「まあ、可愛いわね」

と、ニッコリ笑った。

「ちゃんと手洗った？」

「うん……」

珠実は、何だか少しぼんやりしていた。

「――どうしたの？　お席に戻りましょ」

と、爽香が促すと、珠実も手をつないでテーブルに戻った。

「爽香、大変だな」

と、明男が言った。

「何か連絡があれば……」

爽香は自分のケータイをテーブルの上に置いていた。

「あ……」

と、珠実が声を上げた。「今の着物の人見たら……思い出した」

「着物の人がどうしたの？」

「この前泊った旅館で着物着てた人、いたでしょ。この間、私に声かけて来た女の人、あの旅館の人だった！」

「何ですって？」

爽香は手を止めた。

「着物がどうしたって？」

と、明男が言った。

「今、トイレの所で着物の人と会ったのよ。珠実ちゃん、間違いない？」

もちろん、今会ったのは全くの別人だ。ただ、珠実にとっては、着物姿の女性を見ることは珍しいから、連想したのだろう。

「旅館の仲居さんだわ」

と、爽香が言った。「栗崎さんの担当をしますと言ってた人……。何ていったかしら。

そう。あのウエストポーチを……。

「その女が、もしかすると……」

と、松下が言った。

「旅館へ連絡してみます」

爽香はシューマイを一つ口へ放り込んでから、ケータイを取り出した。

22　身替り

「あ、仲居頭《がしら》の方でいらっしゃいますか。〈S学園小学校〉の者です。その節はお世話になりました。――あの、ちょっと伺いたいのですが、あのとき、栗崎英子さんに付いておられた仲居さんがいらっしゃいましたよね。名前をちょっと……」

爽香は店の入口の所まで立って来て話していた。「――あ、そうです！　安田さんでしたね。今、おいでですか？」

爽香の表情がひきしまった。

「――分りました。安田亜里さんの連絡先は分りますか？」

爽香は小さく肯いて、「分りました。ありがとうございました」

と、通話を切った。

「どうだった？」

松下も出て来ていた。

「辞めたそうです。あのすぐ後に。連絡先とメモしていったケータイ番号も通じないと」

「怪しいな。よし、安田亜里だな?」

「本名じゃないでしょう」

「万一ってこともある」

と、松下は言った。「ウエストポーチってさっき言ってたのは何のことだ?」

爽香は、旅館から帰るときに、誰のものか分らないウエストポーチを預かったことを話した。

「——そうだわ。麻衣子さんから、あのウエストポーチのことで旅館の人が連絡して来たってメールが……。その後どうなったのか……」

爽香のケータイが鳴った。「——もしもし?」

少し間があって、

「杉原さん……」

と、弱々しい声がした。

「根津さん? 麻衣子さんね」

「ええ」

「今どこに?」

「お宅の近くなの……」

「私の家の？　今――一人？」

それには答えず、

「ね、杉原さん、今お宅にいるんでしょ？」

とっさに判断して、

「ええ、家で夕食の途中」

と、爽香は答えた。「ね、どこにいるの？」

「お願い。ちょっと出て来てくれない？」

「どこへ？」

「道の向いに、ポストがあるでしょ」

「ええ」

「その奥の遊歩道にいるの。――お願い、一人で来てね」

「分ったわ。ただ……主人と娘が食事してるから、少し待って。十五分したら行くわ」

「十五分ね。――分りました。ごめんなさいね」

「いいえ。大丈夫？」

と、訊いたときには、もう切れてしまっていた。

「どうした？」

松下は爽香の話を聞くと、「お前って奴は……」

「何ですか？」

「いや、とっさに『家にいる』と答えたところが凄いと思ってさ。正解だ」

「どうしましょう？　私が行かないと……」

「十五分と言ったな」

「ええ。思い付きで。ここからだと――」

「車なら十分かからないだろう。しかし、お前一人で行ったら……」

「でも詩織ちゃんの命がかかってるんですよ、きっと」

「お前の命もかかってる」

と、松下は言った。「死なせるわけにいかない。長い付合だ」

爽香は松下としっかり肯き合った。


「十五分で来るって」

と、麻衣子は言った。「もういいでしょ？　言われた通りにしたわ。詩織を返して！」

「すべてが終ってからよ」

と、安田亜里が言った。

遊歩道に人影はなかった。街灯はあるが、並木と茂みに挟まれた寂しい道だ。

「杉原さんを……どうするの？」

と、麻衣子は言った。

「あなたの知ったことじゃないわ」

「でも——」

「恨みなんかない。ただ、頼まれたからやるだけよ」

「——殺すの?」

麻衣子の声が震えた。

「その茂みの奥へ入ってなさい」

と促す。「何があっても出て来ないこと。声も立てない。分った? 言う通りにしないと、あんたの子供は生きて戻らないわよ」

淡々とした口調に、麻衣子は震えた。

「分った。——分ったわ。約束するから、お願い。あの子を……」

「しつこく言わないで。さ、入って」

腕を取られて、麻衣子は茂みの奥へ引張って行かれた。

「そこに寝て」

と、安田亜里は命じた。「そう。うつ伏せに。——そのまま、じっとしてるのよ。すべて終ったら、私が声をかける。それまで動くんじゃないよ」

「ええ……。分ったわ……」

冷たい地面に腹這《はらば》いになって、麻衣子は言った。

「そのまま、じっとしてるのよ」

――安田亜里は遊歩道へ戻った。

どうせ、あの女も殺さなくては、と思っていた。今殺さないのは、返り血を浴びて怪しまれては困るからだ。

「――十五分ね」

と、安田亜里は腕時計を見ると、静かに歩き出した。

遊歩道を出ると、道を外れて、駐車してあった車のかげに身を潜《ひそ》める。

杉原爽香は時間に正確だ。十五分できっと来るだろう。――手にナイフを持った。小さいが、鋭く、よく切れる。

手になじませるように、軽く手の中で揺らした。――やっとこれで「仕事」が果たせる。

手間取ったものだ。

この仕事は、どこか気のりしなかった。あの旅館でも、機会がなく、あの珠実が一人のときも、たまたま知っている女の子と出会ってしまった。

二度三度、巡り合せが悪いときは、諦めた方がいい。――安田亜里は経験からそう思っていた。

しかし、今度は大丈夫だろう。

足音がした。小走りに、小柄な人影が遊歩道へと入って行く。

今だ。——安田亜里は車のかげから出ると、足早に夜道を急いだ。


安田亜里は、玄関のチャイムを鳴らした。

中からは、かすかに音楽が聞こえていた。TVでも見ているのか。

「——はい、どなた?」

と、男の声がした。

「夜分申し訳ありません。奥様にお伝えしてあるのですが、旅館にあったウエストポーチをお持ちしました」

「ああ、聞いてます。今、ちょっと家内は出てますが……」

「じゃ、お渡しすればそれでいいので」

「分りました。待って下さい」

ナイフを手に、ドアが開くのを待ち受ける。——頼まれたのは、子供を殺すことだが、この際、仕方ない。まず亭主を殺す。

依頼主の意向は、杉原爽香を苦しめることだ。自分のせいで夫と子供が殺されたら、苦しみは倍になるだろう。

ドアの向うで物音がした。ナイフをつかんだ右手を背中へ回して隠す。左手にウエストポーチを持っていた。

カチャリと音がして、鍵が開き、ドアが開いてくる。

安田亜里はドアノブをつかんで強く引くと、同時にナイフを突き出した。

だが——ナイフが刺したのは人ではなかった。分厚いクッションにナイフは呑み込まれていた。

同時に安田亜里は背後から力強い腕で首をしめられ、そのまま玄関の中へうつ伏せに押し倒されていた。

こんな馬鹿な！　右手をねじ上げられ、声を上げる。

「動くな」

男の体重がのしかかって、身動きできなかった。

「松下さん、パトカーが」

「うん。すぐここへ呼べ」

「分りました」

サイレンが表に停った。

安田亜里はすでに失敗したと悟っていた。命取りになる失敗だった。

わずかに顔を上げると、立ってじっとこっちを見ている珠実が見えた。

その目は、怯《おび》えていなかった。どこかふしぎなやさしさをたたえて、こっちを見ていた。

その瞬間、安田亜里は、

「負けた」

と思った。

あの子供を、怖がらせることさえ、できなかったのだ。——なぜか笑いたくなった。

あの子を殺さなくて、ホッとしている自分に気付いた。

「こっちです！」

駆けて来る足音が聞こえて来た。

パトカーが、安田亜里を乗せて走り去って行った。

「ああ……」

爽香は息をついて、「良かったわ、みんな無事で」

「全く、危いことばっかりやって」

と、明男が爽香の肩を抱く。

「でも——良かったわ、詩織ちゃんも無事で」

安田亜里が言ったホテルの部屋で、薬で眠らされている詩織が見付かったのだ。

麻衣子は泣きながら、パトカーでそのホテルへと向った。

「松下さん」

と、爽香は言った。「ありがとう。あなたには何度も助けていただいて」

「お前とはそういう縁があるんだ」

と、松下は苦笑して、「俺もこれで警察に恩を売れた。本業にもプラスになる」

「そうですね」

「後は、あの女に殺しを依頼したのが誰なのかだな。——たぶん、素直に自白するだろう」

「如月姫香？」

「そうじゃないかな。——まだ安心はできない」

「上って。コーヒーでも」

「ありがとう」

爽香たちが戻って行くと、玄関には珠実がしっかり鍵をかけていた。

「いい心がけだ」

と、松下が言った。

「珠実ちゃん、開けて」

と、爽香が声をかけると、中から、

「合言葉は？」

「こら！」

と、爽香は笑った。

玄関へ入ると、爽香は落ちていたウエストポーチを拾った。

「あの人に返すの？」

と、珠実が言った。

23　遠い清算

「全く、情ねえ話だ」

松下が、いつになく不機嫌である。

「どうしたんですか」

と、爽香が訊くと、

「どうもこうも……。あの安田亜里って女にお前の娘を殺してくれと頼んだのは、まず間違いなく如月姫香だってことだ」

「そうですか」

たぶんそうだろうと思っていたのだから、そう腹は立たないが。

「それが、〈カルメン・レミ〉を調べてる刑事は、母親がずっと前に死んだって話を真《ま》に受けて、確かめもしなかった、っていうんだ」

——昼休み、爽香は〈ラ・ボエーム〉で松下と会っていた。

「最近の警察は頼りにならんな」

と、松下は言った。「監視カメラとDNA鑑定で、何でも解決すると思ってる。その前に、情報や供述が正しいかどうか、確かめようともしない」

「面倒なんですかね」

「言うことがいい。『ネットで検索したんですが、分らなくて』だとさ」

「ネット……」

「パソコンの前に座って、何でも調べがつくと思ってるんだ。足で調べて回るなんて、時代遅れだと馬鹿にしてる。俺だって、昔の人脈と顔つなぎで人を捜してるのに。――どうなってるんだ」

爽香はコーヒーをゆっくり飲んで、

「じゃあ、如月姫香がどこにいるか、分らないんですね」

と言った。

「そういうことだ。娘のマリアにも問い詰めたが、居場所は知らないと言い張ってるそうだ」

「でも……恨みを私じゃなくて、珠実ちゃんへ向けるなんて……。ひどいわ」

爽香は嘆息《たんそく》した。

「しばらくは用心した方がいいぞ」

「ええ。明男が送って行けそうなときは、自分が行くと言ってますし、涼ちゃんやなごみちゃんが都合をつけて付き添ってくれることになってます。——本当は私がそばに付いてなきゃいけないんですけど」

そう言ってから、爽香は、「あの安田亜里と名のってた人は……」

「あれは本名だ」

と、松下は言った。「頭がいい。下手に偽名なんか使えば、却ってそこから足がつく。あくまで本名で通して、しかし確実に相手をしとめれば、一向に危険はない」

「あの旅館で、よく無事だったわ」

爽香はちょっと寒気を覚えた。

「栗崎さんがいたおかげで、あの子一人を連れ出す機会が失《な》かったんだな」

「本当に……。栗崎様には足を向けて寝られません」

「しかし、あの安田亜里って女、これまで何人殺したか知らないが、一切口を割らない。もし、それらしい事件があっても、証拠はない。起訴できるのは、イサミって奴を殺した件と、お前の亭主の殺人未遂ぐらいかな」

「そうですね。——早く、如月姫香が見付かるといいけど」

と、爽香は言って、「ここは私が」

と、コーヒー代を置くと、

「それじゃ、マスター」

と、増田の方へ声をかけた。

「毎度どうも」

増田は、爽香と松下が出て行くのを見送って、二人のテーブルを片付けた。

少しして、奥から現われたのは、爽香とは「長い付合」の中川《なかがわ》である。

「いつも物騒なことですね」

と、増田がコーヒーカップを洗いながら言った。

「全くだ」

中川は爽香のいた席に座ると、「おい、俺にも一杯淹《い》れてくれ」

「はい」

この〈ラ・ボエーム〉のオーナーでもある中川は、殺しが仕事。組織の「掃除人」である。爽香とは、遠い昔の縁で、恩義を感じ、力になって来た。

「出張から帰ってみりゃ、この始末か」

と、中川は苦笑した。「全く、忙しい奴だ。俺よりよほど危い綱渡りしてやがる」

「知ってる名ですか、その如月何とか……」

「いや、そんな年寄までは知らねえな。しかし、年寄は怖い。どうせ先のない命だと思ってるからな」

中川は、増田が淹れてくれたコーヒーをゆっくり飲むと、「〈カルメン・レミ〉って女の知り合いから、たぐっていけるかもしれないな。──また、何か耳にしたら教えてくれ」

「もちろんです」

──中川は口にしなかったが、逮捕された安田亜里のことは知っていた。同業者の中でも、慎重にことを運び、決して焦らない、と言われていた。

あいつも、杉原爽香にゃ勝てなかったか……。ひと言相談してくれりゃ、「やめとけ」と言ってやったのに。

「今日も旨いぜ」

と、中川は言って、コーヒーを味わった……。


「殺してくれなんて言ってはいません！」

何度同じことを話しただろう。

根津麻衣子は夢でもその場面を見た。

刑事が机をバンと叩いて、

「白状しろ！　お前が野々村と組んで、水谷弥生さんを殺させたんだろう！」

と、耳もとで怒鳴る。

麻衣子は必死に、

「違います！　主人と別れるように言ってくれと……」

「それが脅迫じゃないか！」

「でも、殺すなんて、思いもしなかったんです。本当です！　信じて下さい！」

「そんな言い逃れが通じると思ってるのか！」

刑事に殴られそうになって、目が覚める。

もちろん、実際にそんな荒っぽい取り調べを受けたわけではないが、自分の言葉が野々村からイサミへ伝わり、水谷弥生を死なせたことは間違いない。その後ろめたさが、そんな夢になっているのだろう。

——気が付くと朝になっている。

重い体を何とか動かして起き出す。

夫のことより、詩織のために、いつものように振る舞わなくては、と思っている。

「おはよう」

詩織が起きて来ると、やっと麻衣子も笑顔になる。

だが、子供は立ち直るのも早い。

詩織は、イサミにも、安田亜里にも、直接怖いことをされていなかった。イサミが殺されるところも、目の前で見たわけではなく、後は薬をミルクに入れられて眠っていたので、自分がどうなっていたのか、よく分っていないのである。

「杉原さんのとこの珠実ちゃんは元気？」

と、朝食の席で、麻衣子は訊いた。

「うん」

と、詩織は肯いて、「でも、誰か必ず校門まで付いて来てるよ」

「そう……」

珠実が狙われたことは、麻衣子も知っていた。——早く、安田亜里に殺人を頼んだ女が見付かるといいが……。

「もう、こんな時間ね」

と、麻衣子は時計を見て言った。「駅まで送るわ。詩織、もう大丈夫？」

「うん、すぐ出られる」

「じゃ、行きましょう」

麻衣子は車のキーを手に取った。

自分の小型車に乗って、助手席に詩織を座らせると、車を出す。

「間に合うよね」

と、詩織は言った。

「大丈夫よ。車ならすぐだわ」

麻衣子はいつもの道を走らせて行ったが……。

「あ、工事中だ」

と、詩織が言った。

麻衣子は車を停めた。——まさか！　また工事中？

とんでもない事件に係ったことで、麻衣子はあの事故のことは、ほとんど忘れかけていたのだ。

しかし、そこは、正にあのときと同じ場所だった。——どうして？

「すみません」

と、工事の関係者が、麻衣子の車に気付いてやって来た。「ここから迂回して下さい」

分っている。大きく図も貼られていた。同じ迂回路だ。

「確か、ここ、前にも工事が……」

と、麻衣子が言ったのは、少しでも気持を落ちつかせるためだった。

「ええ、そうなんです。水道管の水洩れがありましてね。でも、どうやら前のときに、きちんと仕上げていなかったようで、やり直してるんです。申し訳ありません」

「お母さん、早くしないと」

と、詩織に言われて、

「ええ、そうね。——分ってるわ」

と、ハンドルを切る。

そう。何でもない。あんなことは二度と起らない……。
車は「あの道」へ入って行った。
あの人は何といったろう？　国枝。——確かそういう名だった。
もう済んだことだ。——そうだ。忘れてしまおう。
このまま通り過ぎてしまえば……。
しかし、アクセルを踏み込む足に力が入らなかった。車はノロノロと進んで行く。
「お母さん、遅いよ、こんなんじゃ」
と、詩織に言われてハッとすると、
「ええ。でも——道が狭いから、事故でも起すと大変でしょ」
と言い訳しつつ、少しスピードを上げた。
あそこだ。あの戸が開いて、あの年寄が出て来た……。
もちろん、今日は出て来ない。あの年寄の幽霊なんか出ては来ない。
何を考えてるの！
車はその戸の前を無事に通り過ぎた。
麻衣子は安堵した。
もう大丈夫！　あんなことは二度と起きないんだわ！
口もとに笑みが浮んだ。その瞬間——。

「お母さん、車！」

と、詩織が言った。

細い迂回路の正面から、小型トラックが入って来たのだ。

え？　どうしたの？　何なの、これって？

「危い！」

と、詩織が叫んだ。

麻衣子は急ブレーキを踏んだ。いや、そのつもりで、麻衣子の足はアクセルを踏み込んでいたのだ。

小型トラックの方は、麻衣子の車を見て停っていた。一旦バックして、相手を通そうとしていたのだ。

そこへ、麻衣子の車がぶつかって来た。

フロントガラスが砕ける。

「お母さん！」

詩織の声が麻衣子の耳に届いた。

ぶつかる瞬間、麻衣子は目をつぶってしまっていた。ハッとして目を開けると、詩織の額《ひたい》が切れて、血が流れ落ちているのが目に入った。

「詩織！」

「痛いよ……」

「ごめん！　ごめんね！」

あわてていた。詩織の額の傷にハンカチを押し当てたが、シートベルトをしたままだった。

そのとき、

「大丈夫ですか！」

窓を叩いている女性がいた。「ドアを開けて！　ロックを外して下さい！」

「あ……。そう……そうだわ」

手が震える。何とかロックを外すと、ドアが開いて、

「一一九番しました」

と、その女性が言った。「まあ！　けがしたんですね」

「この子を――。血が止らなくて」

「ともかく車から出て！」

小型トラックのドライバーも降りて来ると、

「アクセル、踏んだな？　こっちもフロントガラス、粉々だよ」

と言った。

「ともかく、お子さんの傷の手当を」

「お願いします！」

麻衣子がよろけながら車を降りると、その女性はシートベルトを外し、詩織をかつぎ出した。

「痛い？　――すぐ手当してあげるから」

と、詩織をかかえて、「すぐそこですから」

と駆け出して行く。

ついて行った麻衣子は、愕然とした。その女性が入って行ったのは、あの、あの家だったのだ。

「――入って下さい。うちも女の子がいるんです」

「ええ……」

家へ入ると、その女性は急いで救急箱を持って来て、詩織の額の傷を拭いてやり、消毒した。

「しみる？　我慢できる？　偉いわね」

と微笑んで、「でも、頭を打ってるでしょうから、病院へ連れてってもらった方が」

「ええ……」

「その道、狭いですからね。実は父も、そこで車にはねられて亡くなったんです」

と、その女性は言った。「ついこの間のことです」

「そうですか……」

と、麻衣子は言った。

「はねられたと言っても、塀との間に挟まれて……。可哀そうでした。車はまだ分ってないんです」

詩織の額の傷は思いの他小さかった。出血していたので、ひどく見えたのだ。

「ありがとうございます」

と、麻衣子は言った。

「いえ、これぐらいのこと……」

と、その女性は言って、「うちの子は今八歳です。車に気を付けて、としつこく言ってますけど」

「何とおっしゃるんですか？」

「娘ですか？　希といいます。――父は、希が嫁に行くまで頑張ると言ってたんですけどね」

ふと顔を上げ、「救急車かパトカーですね、あのサイレン」

その女性は立ち上ると、

「救急車の人に知らせて来ます。ここにいて下さい。――奥さん、大丈夫ですか？　そんなに泣いて。――どうしたんですか、奥さん？」

24　結　着

「根津さんがね……」

と、爽香は言った。

しばらくケータイを手にしたまま、立ちつくしていた。

「どうしたんだ？」

居間のソファで新聞を開いていた明男が訊いた。「何かあったのか」

「今、学校の大月先生からで……」

と言いかけたとき、ケータイがまた鳴った。「――はい。もしもし？　――麻衣子さん？　――ええ、聞いてます」

爽香は話しながらソファにゆっくりと腰をおろした。

「お母さん――」

と、珠実が居間へ入って来たが、明男が唇に指を当てて、黙っているように知らせた。

「——ええ、分ります」

と、爽香は肯いて、「麻衣子さん。でも、あなた、ご自分から告白されたのは偉かったわ。——そうですよ。人は弱いものよ。あなたは自分に打ち克《か》ったんだから、これからも耐えて行けるわ。——ええ、詩織ちゃんのことは、できる限り力になるわ。——大丈夫。子供はちゃんと立ち直るものよ。心配しないで。——ええ、ご主人とも話し合って、できることを……」

爽香は涙ぐんでいた。

「泣かないで、麻衣子さん。こっちまで泣いてしまうわ。——人一人、亡くなったんですから、しっかりその責任を取って、詩織ちゃんと真直ぐ向き合えるようになってちょうだい。——ええ、珠実ちゃんにも話しておくわ……。それじゃ……」

通話を切ると、爽香は涙を拭った。明男がティッシュペーパーを取って渡す。

「——詩織ちゃんのママがどうかしたの？」

と、珠実が訊いた。

「話しておくわね、ちゃんと。他の人から、あれこれ聞くかもしれないから、その前に本当のことを。——人はね、誰でもつい間違ったことをしてしまうの。それを素直に認めて謝るのは、とても難しいことなのよ」

珠実はコックリと肯いた。

爽香は、麻衣子が車で国枝という人を死なせてしまったこと。そのときに怖くなって逃げてしまったこと……。

すべてを聞くと、明男が言った。

「その人の家で詩織ちゃんが手当してもらったのか。——巡り合せだな」

「本当ね。でも、これで良かったわ」

「うん、そうだ。逃げたくなる気持も分る。誰だって、人に見られてなかったら、知られずに済むかもしれないと思ってしまうんだ。しかし、そうじゃない。自分だけは知っている。一生忘れることはない」

珠実はしばらく黙っていたが、

「——詩織ちゃんのママ、何だって？」

「詩織ちゃんには、今まで通り学校へ通ってほしいって。珠実ちゃんも、これまで通りに話してあげてね」

「うん。いいお姉ちゃんだもの」

と、珠実はニッコリ笑った。

「そう。『お姉ちゃん』はちっとも変らないのよ」

爽香は、珠実の頭を撫でた。「お風呂に入りましょ！」

「ほら！　ちゃんと並んで！」

と、瞳が怒鳴っていた。「開始まであと十分よ！　呼吸を整えて！」

爽香は思わずふき出しそうになった。

「あ、おばちゃん」

と、瞳が照れたように、「見てたの？」

「張り切るのはいいけど——。瞳ちゃん、喉《のど》をからさないでね」

「本当だ」

瞳は笑って、「一年生のときは、二年生がうるさいな、分ってるよ、って思ってたけど、自分が二年生になると……」

瞳は出演するメンバーへ、

「OK！　じゃ、リラックスして！」

と、両手を広げて言った。

「邪魔してごめんね」

と、爽香は言った。「明男も珠実ちゃんも来てるわよ」

「ありがとう！　終ってから、少し待っててくれる？」

「ええ、もちろん」

爽香は瞳の肩を叩いて、「じゃ、客席に戻ってるわね。楽しんで」

「はい！」

――瞳が所属している合唱部の発表会である。

もちろん、他の学校との合同発表会。――会場は何だか爽香など憶えにくいカタカナ名前が付いているが、要するに区立の公会堂である。

客席はほとんど埋《うま》っている。

「出てる子の家族だけでも一杯になるな」

と、明男は言った。

爽香は席に戻った。――綾香は仕事で来ていないが、涼はなごみと連れ立って来ている。

「爽香さん」

後ろから声がした。振り向くと、

「あかねちゃん！　来てたの」

早川あかねが座っていたのである。

「うん。来週よろしく」

そうだった！　あかねの学校で話をすることになっている。

「大丈夫。忘れてないわよ」

と、爽香は言った。「でも、念のために三日前に電話してね」

「了解！」

拍手が起った。瞳たちの前のグループが舞台に登場したのだ。

そのとき——ケータイが鳴った。

「いけね！」

と、涼があわててポケットへ手を入れる。

「だめじゃないの」

と、なごみが涼をつついた。

「当然、電波入らないと思って——」

涼は急いで切ったが、「爽香おばちゃん」

「え？」

「松下さんからかかってた」

「松下さんから？」

松下が涼へかけて来る？　それは爽香がケータイを切っているからだろう。

爽香は二階席の通路際に座っていた。明男へ、

「ごめん」

と、ひと声かけて、急いで席を立つと、ロビーへ出てケータイの電源を入れた。

何度も松下からかかっている。

爽香からかけると、すぐに出た。

「大丈夫か!」

「松下さん――」

「如月姫香のアパートを突き止めたが留守だった」

と、松下は言った。「今、合唱の会場だな?」

「そうです」

「そのチラシがくず入れに捨ててあった」

「分りました」

如月姫香がここに来ている?

「そっちへパトカーをやった。用心しろ」

「はい」

爽香はロビーを見回した。

小さな子供が遊んでいる。――他の人を巻き添えにしてはいけない。

どうしよう? もう会場内にいるとしたら、客席の照明が落ちているから、危い。

急いで扉を開ける。コーラスは始まっていた。

爽香は、明男が振り向いたので、ロビーへ出るように合図した。明るい場所にいる方がいい。

る。

明男が肯くと、珠実の手を引いて、ロビーへ出て来た。涼も追うようにして出て来

「――どうした？」

「如月姫香がここに」

「確かか？」

「どこかにいるのよ、きっと。涼ちゃん、珠実ちゃんのそばにいて」

「分った」

しかし、爽香の代りに珠実を狙ったくらいだ。爽香の連れと見れば、誰かれかまわず狙うかもしれない。

「明男、なごみちゃんとあかねちゃんに、席を移れと言って。暗いから、移ってしまえば分らない」

「分った。言ってくる」

明男が客席に入って行くと、爽香はロビーをもう一度見渡した。――売店があるが、客はいなかった。

「一階にいるのかな」

と、涼が言った。

「パトカーが来るって。松下さんが手配してくれたわ」

中のコーラスが洩れ聞こえてくる。

「――もしかして、瞳ちゃんのところに」

と、爽香は言った。

「え？」

「もし、如月姫香が舞台裏へ入り込んでいたら……。こんなときだから知らない人がいても誰も気にしない」

「じゃあ――」

「ここにいて！」

爽香は階段を一階へと駆け下りた。〈楽屋連絡口〉の立札《たてふだ》が少しずれていた。

爽香は扉を開けて中へ入った。

コンクリートの通路を急ぐと、舞台のコーラスが大きく響いてくる。

次が瞳たちのグループだ。

舞台の袖に上る階段の辺りに、高校生たちが集まっている。爽香は駆けて行くと、

「瞳ちゃん」

と、小声で呼んだ。「いない？」

「あ……。杉原先輩ですか？　今、ピアノの子が、譜面の直しを楽屋に置いて来た、って言うんで、一緒に取りに」

「楽屋はどこ？」

「その先の3番です」

駆けて行くと、ドアが開いて——瞳が出て来た。

「あ、おばちゃん、どうしたの？」

爽香はホッと息を吐いた。

「ごめん、びっくりさせて。——いいの。行って」

瞳がピアノの担当の子と二人で戻って行く。しかし——爽香は不安だった。

もし、どこかに隠れているとしたら……。

前のグループが終って、拍手が響いてくる。

爽香は、瞳たちのグループについて、階段を上って行った。前のグループは反対側の袖へと入って行き、代って瞳たちが舞台へと出て行く。

袖は暗い。——爽香は油断なく辺りを見渡した。

背後で床板がきしんだ。振り向くと、

「大丈夫だ」

と、その人影が言った。

爽香は面食らって、

「中川さん？」

「その椅子に座ってる」

と、中川が言った。「刃物は取り上げといた」

布でくるんだ包丁らしいものを爽香に渡す。

「それ、如月姫香ですか？　でも、どうしてあなたが……」

「お前のことなら、たいてい知ってる」

と、中川は言った。「あんまり物騒なことばっかりするなよ」

隅に置かれた折りたたみの椅子に、小柄な老女がぐったりと頭を垂れて座っていた。

「薬をかがせて眠らせただけだ。十分もしたら気が付くだろう。何かで縛っとけ」

「ありがとう……。もしかしたら瞳ちゃんが殺されていたかもしれません」

爽香は汗を拭った。

「またな」

そう言って、中川が姿を消すと、ほとんど入れ違いに明男がやって来た。

「おい、大丈夫か？」

「ええ。そこにいるわ、如月姫香が。気を失ってる。何かで縛っておいてくれる？」

「ああ」

明男はズボンのベルトを抜くと、女の手首を後ろで固く縛った。「――誰がこんなことを？」

「うん……。古い知り合い」

と、爽香は言った。「見ててね。パトカーが来たら、ここへ連れてくる」

袖から階段を下りる爽香の耳に、瞳たちの美しい合唱が響いて来た。

解説――爽香、四十四歳の誕生日は「家族」とともに

山前《やままえ》　譲《ゆずる》
（推理小説研究家）

そこは中華料理店の個室、「誕生日、おめでとう！」と発声したのは娘の珠実《たまみ》だった。夫の明男《あきお》がビデオカメラを回すなか、ケーキのローソクを吹き消す爽香《さやか》。周りには母に姪《めい》や甥《おい》、恩師に会社の部下などなど。五月九日、爽香の四十四歳の誕生会は和気藹々《あいあい》、賑やかだったが、病気で来られない兄のことなど、気がかりなこともないわけではない。そして忍びよる殺意……。

四十四歳ということは、爽香シリーズが本書『牡丹色のウエストポーチ』でなんと三十作に！　このシリーズが毎年一冊ずつ刊行され、そして暦通り爽香が一歳ずつ歳を重ねていくという設定であることは、いまさら言うまでもありません。『若草色のポシェット』で中学三年生、十五歳だった爽香がもう一児の母であり、勤務先では大きなプロジェクトのチーフとして奮闘しているのです。第一作から毎年順番に読んできた読者ならば、まさかの展開ではないでしょうか。

その三十年間を簡単に振り返ってみましょう。中学卒業後に進学したS学園高校で爽

香は、ブラスバンド部でフルートを吹いていました。大学では英米文学部だったのに、卒業後は在学中からアルバイトをしていた古美術商に就職しています。しかし翌年、ある人の紹介で老人向けのケア付き高級マンション〈Pハウス〉に転職［小豆色《あずきいろ》のテーブル］、その気配りの行き届いた仕事ぶりが評価されていきます。

同い年で、中学、高校、大学と一緒の学校に通った丹羽《にわ》明男とは、紆余曲折ありながらも二十七歳で結婚し［うぐいす色の旅行鞄］、三十六歳で珠実を出産しています［柿色のベビーベッド］。仕事のほうはといえば、三十歳の時に〈Pハウス〉の親会社である〈G興産〉に移り［茜色《あかねいろ》のプロムナード］、いくつかのプロジェクトのリーダーとして奮闘してきました。そして今は、大規模な都市開発プロジェクトにかかわっています。

こうした爽香の半生（！）を振り返ってみますと、しだいに際立ってきたのが「家族」というキーワードではないでしょうか。爽香自身、結婚し、そして長女を出産するプライベートと、忙しい仕事との相克《そうこく》があり、心の安らぎの場として「家族」がしだいに大きな意味をもっていくのですが、それ以外にもさまざまな家族の姿がこのシリーズで描かれてきたことには、愛読者なら気付いているに違いありません。

このシリーズでまずベースとなっていたのは杉原爽香の実家、すなわち父の成也《しげや》、母の真江《まさえ》、十歳違いの兄の充夫《みつお》、そして爽香の四人家族でした。第一作『若草色のポシェット』で爽香は中学生です。いくら若い頃からしっかりしていた爽香といえども、さすがにまだ、一家の大黒柱というわけにはいきません。殺人事件に巻き込まれていくのはさておいて、爽香はどこにでもいそうな中学生の女の子だったのです。

爽香の父の成也は、一人で本を読んでいるのが一番楽しいというおだやかな性格でした。ところが、脳溢血《のういっけつ》で倒れ、休職を余儀なくされます［薄紫《うすむらさき》のウィークエンド］。なんとか回復して関連会社で勤めはじめるのですが、不景気で契約社員となってしまいました［象牙色《ぞうげいろ》のクローゼット］。その頃、爽香は大学生でしたが、アルバイトをしながらなんとか卒業しています。爽香の一家を翻弄した出来事は一九九〇年代半ばのことでしたが、それは二十一世紀の日本社会を予見していたと言えるでしょう。

正社員とそれ以外の雇用形態との収入格差は、大きな問題となっています。そして「家族」を支えている人が不幸にも病気となってしまえば、その生活はとたんに窮《きゅう》するでしょう。大学進学率が高まったものの、学費や生活費の高騰《こうとう》でじっくり勉強することができない学生が多くなっているのも問題となってきました。奨学金の返済も問題化しています。爽香は奨学金の助けを受けることなく、アルバイトだけで大学を卒業していますが［瑠璃色《るりいろ》のステンドグラス］、これがもし奨学金を頼りにしていたら？　爽香はもうひとつの難題を抱えることになったかもしれません。

爽香は母の真江に似たのではないでしょうか。真江は丸い童顔のせいで、五十過ぎなのに四十半ばに見られていました［若草色のポシェット］。とはいえ、夫の看病でしだいに疲れた姿が目立ってきます。そして、とうとう夫に先立たれるとぼんやりしていることも多くなりましたが［菫色《すみれいろ》のハンドバッグ」、やがて充夫一家が同居するようになると、孫たちを相手に元気な姿を見せています。

シリーズ第一作『若草色のポシェット』で爽香の兄の充夫は、結婚して半年ほど経っていました。妻の則子《のりこ》はおしゃべり好きで至って自己中心的とのことでしたが、長女・綾香《あやか》と長男・涼《りょう》の出産や、充夫が大阪に転勤した時期もあり、シリーズの当初はあまり目立っていません。

しかし、明男がある事件を起こして杉原家と絶縁状態となってから［小豆色のテーブル」、一家には嵐が吹き荒れます。まずは充夫の問題です。浮気がばれて離婚騒動になり、多額の借金を抱え、再び畑山《はたやま》ゆき子と浮気を……ついには会社をリストラされます。二度目の浮気を知ったときには会社に怒鳴り込んだ則子でしたが、やがて自身も浮気をしてしまい、次女の瞳《ひとみ》も誕生していたのに、家を出ていくのでした。充夫が脳出血で倒れ、リハビリ生活に入ると元の鞘《さや》に収まり、充夫の実家で暮らすようになりますが、病魔はさらに充夫一家に迫ってくるのでした。

こうした「家族」の崩壊に心痛めてきたのはもちろん三人の子供たちです。長女の綾香はしっかりしているように見えて、本当は気の弱い甘えん坊でした。高校二年生の時には妊娠してしまい、一時、家を出ています。経済的な苦境のなかで怪しげな仕事の面接に行ったこともあります。長男の涼は、じつは母親が家出をした時、一緒について行きました。しかしほどなく、やつれた姿で爽香のもとを訪れるのでした。次女の瞳はまだ幼くてよく分からないことが多かったかもしれませんが、辛かったことは間違いないでしょう。

こんな兄一家を、経済面も含めて色々な形で支えてきたのは爽香です。綾香には評論家・高須雄太郎《たかすゆうたろう》の秘書という仕事を紹介しました。綾香はほとんど休日もなく働いて、一家の生活を支えています。英会話を学んで、海外とのやりとりもこなしているそうです。涼は大学に通っています。写真部に所属し、岩元《いわもと》なごみというガールフレンドもでき、叔母さんに難題を持ちかけたりもしていました［肌色のポートレート］。高校生になった瞳は合唱部で頑張っています。

苦労の絶えない爽香をずっと見守ってきたのが、中学三年生の時に担任だった安西衣子《あんざいきぬこ》でした。爽香のクラスメイトが殺された、つまり教え子が殺された事件で知り合った（なんという出会い！）刑事の河村太郎《かわむらたろう》と結婚しています［琥珀《こはく》色のダイアリー］。長女の爽子《さわこ》、長男の達郎《たつろう》と子宝にも恵まれ、妻として、そして母として先輩である立場から、爽香に色々とアドバイスしてくれるのでした。

しかし、学年主任として忙しくしているあいだに、夫が事件関係者だった早川志乃《はやかわしの》と深い仲になってしまいます。志乃はあかねを出産、いったんは河村との縁を絶つのです。

一方河村は、胃を患って警備会社に転職、時には刑事時代の経験を生かして爽香を助けてもくれました。そして志乃は、東京に戻り、河村の胃ガンの手術費用を負担したりもするのでした。今では河村家の近くに住み、翻訳の仕事などをしながら、病身の太郎を衣子公認で支えています。ここにも爽香が深くかかわった「家族」があるのです。

〈M女子学院〉に転職して忙しくしている母と病身の父。そんな河村家の大きな支えとなっているのは長女の爽子です。十歳の時から習いはじめたヴァイオリンにその才能を開花させ、二十歳でイタリアのコンクールで優勝しています。日本を中心にコンサート活動に忙しいようですが、爽香の姿をその会場で見かけることも少なくありません。中学生になった早川あかねを指導することもあるようです。

小学校時代からの仲良しで、中学三年生の時はクラスメイトだった浜田今日子《はまだきょうこ》は、爽香の冒険の良き相棒と言えるでしょうか。殺し屋にさらわれたこともあるくらいですから「亜麻色のジャケット」。名門医学部を卒業して医者となった今日子の恋愛遍歴はなかなかのものですが、シングルマザーの道を選んだのは、爽香が珠実を出産したのと同じ頃でした。そして誕生した明日香《あすか》もう小学生ですが、小さな病院に勤務している今日子はかなり忙しいようです。

仕事上だけの関係のはずなのに、爽香は〈Pハウス〉に出資している〈G興産〉の社長一家のトラブルに巻き込まれてしまいます［銀色のキーホルダー］。社長の田端靖之《たばたやすゆき》、その妻の里恵《りえ》、その娘の光江《みつえ》、靖之の妹の真保《まほ》、その息子の将夫《まさお》などが集う別荘に招かれ、戸惑う爽香でした。一族の権力争いの果てに将夫が〈G興産〉の社長となってからは、爽香を何かと引き立ててくれました。真保も爽香のことがお気に入りです。そして将夫の「家族」もまた、爽香の人生に波紋を投げかけるのでした。

仕事関係といえば、〈Pハウス〉時代に、爽香は元女優の栗崎英子《くりさきひでこ》と出会っています［小豆色のテーブル］。その〈Pハウス〉にもさまざまな「家族」の姿がありましたが、六十六歳の英子は、息子が一人いたものの、〈Pハウス〉では独り暮らしでした。爽香の助言もあって再デビューした英子は大活躍ですが、さすがに御年八十六歳、もう結婚はないようです。ただ、爽香と仲が良いせいで、『栗色のスカーフ』のように何かと事件に巻き込まれてしまうのですが。そうそう、結婚といえば、爽香の部下である久保坂《くぼさか》あやめの電撃結婚には驚かされました。そして、まるで家族の一員であるかのように爽香をサポートしてきた、〈殺し屋〉の中川《なかがわ》や〈消息屋〉の松下《まつした》も、シリーズには欠かすことのできない人物です。松下には娘がいますが、さて、中川に「家族」は？

そして、爽香がこれまでかかわってきた事件にも、さまざまな「家族」が登場してきました。「家族」が事件の発端となったことも度々ありました。四十四歳の誕生日には、そんな過去が爽香の胸をよぎったかもしれません。しかし、今度の事件は爽香の「家族」が狙われているのです。そう、〈S学園小学校〉に通う八歳の珠実の命が狙われるのです。学校行事の遠足で出かけた先で……。

もうひとつの「事件」が、そして前作の登場人物が絡んで、複雑な事件となっていくこの『牡丹色のウエストポーチ』は、三十作目という節目の作品だからでしょうか、シリーズの主要メンバーが次々と登場します。そしてある「家族」にはひとつの節目となる出来事が起こっています。スリリングなラストも印象的なこの作品は、杉原爽香の人生と歩んできた読者へのビッグなプレゼントと言えるでしょう。

初出
「女性自身」（光文社）
二〇一六年　一一月八日号、一一月一五日号、一二月二〇日号
二〇一七年　二月七日号、三月一四日号、四月四日号、四月一八日号、五月二三日号、六月二七日号、七月一八日号、九月六日号、九月二〇日号

光文社文庫

文庫オリジナル／長編青春ミステリー
牡丹色《ぼたんいろ》のウエストポーチ
著者　赤《あか》川《がわ》次《じ》郎《ろう》

2017年9月20日　初版1刷発行

発行者　鈴木広和
印刷　萩原印刷
製本　ナショナル製本

発行所　株式会社　光文社
〒112-8011　東京都文京区音羽1-16-6
電話（03）5395-8149　編集部
8116　書籍販売部
8125　業務部

ISBN978-4-334-77523-0　Printed in Japan

組版　萩原印刷